耳を澄ませば

Yoshida Yuko
吉田優子

◉弦書房

装丁＝毛利一枝
カバー写真＝ Bárbara Ulrich（バルバラ・ウーリッヒ、著者の友人）

目次

カスティーリャの夕日

カスティーリャ地方の冬は寒い。冷たい空気の中を、時々ダイヤモンド・ダストがさあっと振り零れる。明度の高い光と空の青、乾いた茶褐色の大地が果てしなく広がり、その広がりに心を引かれ、それを透かして見える歴史的時間の累積に心を引かれ、カスティーリャの古都、バヤドリードに通い出して三年が経つ。小さな語学学校でスペイン語を勉強しながら、十一月から三月にかけての期間をそこで過ごしている。

乾き切った褐色の大地を車で走っていると、時々空と野の間に村が表れる。村も地の色と同じ灰色がかった褐色をしている。最初に見えるのは丘に立つ教会の鐘楼、たいていこうのとりの大きな巣を載せている。だが表れた村は、近づく前に消える。村へ続く道は狭く、野面をうねりながら横切っていく。そうしてしばらく走ると、遠くに次の村の教会が小さく見える。

日が遥かな地平線に傾くと、野は灰暗いオレンジ色の輝きを帯びる。太陽は水平になった光線を注ぎながら、たいそう長い時間をかけて沈んでいき、野面にはその間夕陽と薄闇が入り混じった奇妙な時が続く。わたし達は車の中から出はしない。窓から、刻々と変化していく夕暮れの色を眺めているだけ。野のオレンジ色は、ゾンとする程寒そうに見える。

地平線に来た太陽は、真紅の玉になって姿を隠していく。

沈んだ後も日は暮れない。西の地平線際に萌黄色の明るみがいつまでも漂い、遠くに表れる村は黒い影になる。闇はなかなか来ない。代わりに空の紺色が次第に深まり、村は小さな光の島になって遠くを通り過ぎる。

それから星が表れる。乾いて荒々しいカスティーリャの野の星は、濃い光を放つ。

見渡す限りの平らな大地では、夕方の時の動きが身近に見え、野も村も独特な長い黄昏に包まれる。

秋の終りから春の始めにかけて、度々それらの村を訪れた。ある時は語学学校の校長アグスティンと一緒に、たいていは一人で日に数回通うバスで。

村は教会を囲むように石や日干しレンガの家がくっつき合い、庭や木立ちがない。野と同じに乾いた風や日に晒されている。

アグスティン

アグスティンは、十代後半から十三年間をドミニコ派の修道院で暮らした経験を持っている。そこで主に哲学、それに文学、歴史を勉強したという。

彼の話ではドミニコ派の修道院は、喜びを失わぬ生き生きした貧しい生活をモットウにしている、外部の様々な生命を共有できるよう外に向って開いている世界だという。修道尼や僧たちは自分を必要とする人には誰にでも近づき、のら猫や鳥や花にだって話しかけるそうだ。

もちろんアグスティンは修道院の生活については熟知していたが、神やカトリックについての話はほとんどしなかった。

その修道院を出た後、マドリードで語学学校の教師を始め、それから故里バヤドリードに戻り小さな語学学校を経営するようになり、今に至る。クラスでは厳しい先生だが、各国から来ている生徒たちとは老若身分を剝ぎ取って、すべて同等の友だち付き合いをした。ドイツの十七才の高校生も、スイスの銀行の所有主も、わたしのような年配の日本人風来坊も、クラスに居る限り同じ仲間になり友だち言葉を使った。それが小さな学校のやり方だった。

最初の年、スペイン語がほとんど喋れなかった頃は、唯の語学教師の姿しか見えなかったが、少しずつわかるようになるにつれ、彼の個性が、そしてアグスティンを通してカスティーリャ人の気質が見えてきた。

アグスティンの顔は、内面の感情を敏感に反映した。

若い学生の心配事に耳を傾けている時、彼自身の顔も寂しい暖かい表情になった。学生の気が静まるまで、頷きながらいつまでも聞いていた。なにかの事でプライドを傷つけられた時、その表情はガラリと変わった。いつもの優しい目が心の扉をぴしゃりと閉じてしまったような恐い色になり、そんな時はなるべく近づかないようにしていた。老眼鏡を捜す時はわたしとそっくりの慌てふためいた姿になり、誰よりも上手にスペイン風ダンスを踊る時は、若き日を偲ばせるようなスペインの男になった。

わが愛する詩人の詩を語る時、彼の顔はキラキラと変化した。内面に迸る思いが目や声の調子にまで溢れ出した。「自分の聖書にしている」というヒメネスの散文詩「プラテロとわたし」を語り出すと、わたしはその内容より顔に表れる感情の動きの方により興味を引かれた。

口髭をきれいに刈り込んだアグスティンは、時々小さな学校の家父長的存在になる事があった。相手の考えなど配慮せず、自分の良しと思うことをさっさと一人で決め行動に移した。平日のクラスがいきなり彼の家でのパーティーになったり、夜みんなで街にくり出す事を半ば強制したり……。そこで幾度か若い学生達から反撃を食らう事になる。ところがその時は非を認めても、しばらく経つとまた同じ事をやった。意図的というより、根っからのカスティーリャ人の彼の血の中に、そんなものが流れているように見えた。反撃などできない者は、あーあ、と思いながら彼の言わば命令に従った。わたしもその組だった。もっとも結果的には、楽しく終わる事が多かったが。

普段は生徒たち同様、着古したセーターにマフラーという恰好だったが、元来お洒落に気を使うらしいアグスティンは、時々たいそう粋な服装でクラスに表れた。淡いピンクのワイシャツを基調にブレザーやネクタイを組み合わせたり、濃いブルーのシャツの上から、空色のセーターを軽やかに腰に巻きつけたり、暗紅色のスカーフをちらっと覗かせたり、クラスに入ってきたとたん、おや、ともう一度見直す事があった。

「あれ、今日はどうしたの」と尋ねる誰彼に、相手が女性であれば、「君のために」と答え、頬に軽いキスをした。

ある日、渋い黄色の地に紺や茶色の日本語が描かれたネクタイを結んでやって来た。よく見ると、「ガメツイ奴」「大阪の食い倒れ」「アホか」などという類の字が読み取れた。シックな紺の背広にそのネクタイを組み合わせたアグスティンは、「どうだ、素敵だろう。前、日本人の生徒がプレゼントしてきた物だ」と、その文字を読んでいるわたしに言った。もちろん言葉の意味など教えず、「紺色によく似合う」とだけ言っておいた。

直情的に自分を表現する彼の日本人に対する評価は、「日本人はよくわからない」だった。にこにこ笑うだけで、自分がどう考えているか言わないし、自分の気持ちを言葉や態度に出さないからという事だった。そこでわたしは自分自身の事を参考にして、「にこにこ笑って何も言わない時は、言われた事に対してあまり賛同していないと見なして、大体まちがいない」と助言した。

街を横切るピスエルガ川沿いの住宅地、その三階にある彼のピソには、姉のマリアと伴侶のコルが一緒に住んでいた。一日のほんの少しの間だけ陽の当たるテラスは、川沿いの道に面して、曲がり角にあるバルやら、人や犬の往来が見下ろせた。

牧羊犬の血を持つコルは、わが主人のアグスティンには似ず、物静かなゆったりした犬だった。アグスティンには絶対服従、時々そこを訪れてくる彼の生徒たちの気紛れな命令など全く無視していた。

わが主人が帰って来る頃になると、「ワン」の一声でマリアを呼びテラスに出してもらう。両耳をぴんと立てて、下の通りに目を向ける。その後姿は動かない。曲がり角にアグスティンの姿が表れるまで、いつまでも待っている。そして次の瞬間、部屋を走り抜け、今度は玄関でドアの把っ手を見上げる。階段を登ってきた主人が扉を開けると、それはそれはうれしそうに飛び上がり、キャンキャン躁いで廊下を走り回る。その体に声に、コルの純粋な喜びが弾き出る。わたしは、日に一回か二回、そんな喜びが味えるコルに感動したものだった。

赤ん坊だったコルがこの家に来て十年、毎日続いている行事だという。夜はかならずアグスティンのベッドの下に潜り込んで眠るという。

平日はそのメンバーだが、週末にはマドリードの働き先から帰ってくるマリアの息子が加わった。彼の家族は生まれた村にも大きな家を持っていたから、コルも街のピソと村の家を行ったり来たりしていた。村は街からバスで二十分の所にあった。アグスティンは度たびその邸に生徒たちを招いて、パーティーを開いた。テーブルに並べられた料理は彼のお手製、カスティーリャ地方の伝統料理、オリーブ油と生ハム、大蒜を主体にしたどろりと濃いスープ、豆やチョリソの煮込み料理、肉のぶつ切りと野菜を長い時間煮つめた物、いずれも独特の味を持っていた。もちろん、コルも一緒だった。日の射し込む床に満足気な顔で寝そべったり、食後ダンスに興じる生徒たちを長椅子に寛いで眺めたり、馴染みのわが家で悠々と過ごしているように見えた。

バヤドリード周辺の村で稀に見かける一戸建ちの邸は、いずれも何故か高い土塀に囲まれている。アグスティンの家もそうだった。錠前を開けて中に入ると、外と遮断された世界になる。石畳の広い庭の上に空は四角い形、そこに固い青が広がったり、一片の雲が横切ったり、夕焼の紅が表れたりした。

あけすけなスペイン気質とは逆に、その造りは外の世界をシャットアウトしていた。阿蘇の村で、家は外に向って開け放たれ、山も田も道も取り入れた佇まいに慣れた目には、いささか奇妙に映った。

高い土塀の外を羊の鈴の音が連なって過ぎ、時々、馬の蹄の音が走った。閉じ込められた空間を一歩出ると、近くに教会の鐘楼が聳え、埃っぽい道、その両際にくっつく窓の小さな家、果てしない空の広がりと典型的な村の光景があった。

コルは静かでのんびりした犬だったが、一たび塀の外を通る羊の気配を感じると、その姿は一変した。

人間の感覚にはまだ何の気配も届かないのに、いきなり立ち上がり、ヒューンヒューンとなきながらうろつき始める。そして見る間に落ち着きを失い、果ては狂ったように庭を駆け回る。と間もなく人間の耳にもおとなしい獣たちの足音と鈴の音が聞こえてくる。コルは一陣の風になって走り回る。この時はわが主人の命令も耳には入らない。初めてその光景を見た時は驚いた。

鈴の音が消えてしばらく経つと、コルは元の姿に戻り、ゆったりと日を浴びる。

家族の一員になって十年が経つのに、羊の群れが通ると牧羊犬の血がどうしようもなく騒ぐらしい。だが奇妙な事に、塀の外を通る姿の見えない羊にだけ興奮する、道で出会っても何の事はないんだが、とアグスティンは言っていた。

彼の住む地区の教会が保存している文書によると、その名字「サンチェス」が初めてその記録に表れているのが六百年前、彼自身の目で確めた所では、「○月○日結婚」「○月○日死去」の二文だという。その名字は延々と受け継がれ、現在のアグスティンに至る。二十代三十代をマドリードで暮らしはしたが、生え抜きのカスティーリャ人だという事を彼は誇りにしていた。だが自分が死ねば名を受け継ぐ子孫は居なく、この名字は永遠に教会の記録から消えるだろうと言った。

わたしも一度、彼と一緒だった時、ある教会が保存していた文書を見た事がある。

「本当は禁じられてるけど、特別に見せてあげます」と前置きして、鍵の掛かった奥の棚から文書の束を取り出した女性がそれを捲ると、なにやら古風な字が表れた。黄ばんだ紙に小さなペン字がぎっしり詰め込まれていた。わたしには全く読めなかったが、女性の説明では、誕生、洗礼、結婚、死亡の四項が記されているとのこと、それから彼女はうれしそうな顔になってつけ加えた。

「御覧なさい、この文章のほら此処、あ、此処にも……。文書のあちこちに……。○月○日の記録の後に『大きな雲、野に掛かる』、『時々、小量の雨』、『雹しばし』、『西風吹く』などという一行がつけ加えられています。昔、これを記録した人の気持ちがこの一行に感じられるでしょう。よっぽど雨を待ってたのね」

そうか、そうかとわたし達は頷いた。

後でアグスティンはわたし達に話してくれた。この地方の雨量はひじょうに少なく、昔はしばしば村人総出の雨乞い行事をやったという。加えて寒暖の差が大きく、その過酷な気候がカスティーリャ人の生活・気質を形成していった。石の家がくっつき合い木を育てぬ村の形態も気候に拮抗して出来上がった。食物も同様に家族中が野に出払い力仕事をしていた土地柄では、ぐつぐつ煮込み体も暖まる物が工夫された。

だが標高七百から千米の高さに広がるこの地方には、紀元前から存在する村や、重層する歴史の跡が刻み込まれた村が散らばっている。わが故里の野にある井戸のような存在だ。見えない者は気づかずに通り過ぎ、立ち寄る者には精神を潤す清水になる。彼はそのように話を結んだ。

ウルエニャ

晩秋のある日初めて其処に行った時、広漠とした野の彼方に聳える城壁を見て、異次元の世界に近づいているような気がした。

村へ入るには其処にくり抜かれた狭い門を潜らねばならない。アーチ型の入口を通り抜けると、いきなり目の前に陽を浴びた褐色の家並と路地が広がった。

車を下りたとたん堆肥の匂いがして、羊の群が路地を曲がろうとしている場面にぶつかった。丸いお尻が次々に煌めく陽光の中を横切り、陰に消えていった。後には、小さな丸い糞が転がっている。

キリスト生誕の六百年前、デュエロ川の流域に定住したケルト族はここウルエニャにも居住区を広げ、独自な農業経営のシステムを基盤づけたと、案内書には書かれていた。その村が十四世紀後半から城壁で防護を固めるほど栄えたのは、アグスティンによると、「残酷王」という別名を持ったスペインのある王が、わが愛人をここに住まわせていたからだという。

今では、街からのバスが日に一回だけ入る寂しい村。だが同じ石材から作られている往時の宮殿や家々、ロマネスク様式の教会などが、陽の下で柔らかい褐色に映え、村の基調色を織りなしている。その独特な歴史と静寂は、ウルエニャの雰囲気を他の村々とは異なるものにしている。


城壁に登れば、三百六十度の視界が開いた。カスティーリャの乾いた野が空まで続き、遠い羊の群が村に向かって近づいてくる。

歩くにつれ、城壁の内側には日干しレンガの家や埃っぽい囲い地が次々に現れる。

全身黒の老女が家から出てくる。鶏共にパン屑を投げながら、城壁の上を歩く異国人たちにチラッと目を上げる。

一つの囲い場には、寝そべった犬の姿が見えた。傍らには崩れかけた空っぽの小屋、きつい匂いを放っている、頭上の人間に気がつくと、犬は吠え始めた。牙を剥き出し、必死になって吠えまくる。わたしはアカンベーをした。犬はますます躍起になる。

と、囲い場の日向から低い声がした。

「カジャ」―黙れ―、とても弱々しい声だったが、犬は直ぐに黙った。

日干しレンガの入口に杖にすがった老人が腰かけていた。影のように動かない。目は頭上に立ち止まった人間にではなく、虚空に向けられている。

――あの人は羊飼い、犬は羊たちを取りしきる牧羊犬、小屋は羊の眠る所、きっとそうだ。――

そう思いながら下の囲い場を見守った。

一生涯の仲間が居なくなって、今じゃ犬は自分の領域に踏み込んできた奴共に吠えるんだ。かっての牧羊犬は再び吠え始めた。一生の仕事を止めた羊飼いはもう何も言わない。影のようにじっとしている。

村の一部を裏から見ている感じだった。


ウルエニャの最初の印象は、古寂びた美しい褐色と羊の消えた囲い場になって残った。


春先、アグスティンはもう一度、若い仲間と一緒にその村へ連れていってくれた。

四月に入って、標高の高いバヤドリード周辺には度々不安定な天気が表れたが、その日も光と雨が唐突に入れ替わり、雲が野面すれすれを走った。

だが、ひと度雨が注ぐと、カスティーリャの野には緑が湧き上がり、アーモンドが一斉に桃色の花を咲かせる。

ウルエニャ周辺の野も一面柔かい緑に変わっていた。

鐘の家

村に入ると、アグスティンは最初に「鐘の家」と名付けられた小さな博物館に連れていった。豊満な体を赤いセーターとジーンズで締めつけた女性が、その家を案内してくれた。

昔は個人の館であったという石の部屋々々には、様々な種類の鐘が置かれていた。かわいらしい音を持っていそうな小さな鐘、小柄なアヤコとわたしが二人ともすっぽり入れそうな大きな鐘、見知らぬ音を含んだ鐘たちは、ガラス柵の中やら床の上やらに鎮座していた。住む人の居なくなった村の教会のや、今は打ち手もおらず使われもしてないものなどが、ここに集められているという。

最初、赤いセーターの女性は、外国人も混じえたわたし達に、スペイン語がわかるかどうか、なぜなら自分はスペイン語しか話せないからと、言った。

「ゆっくりと話していただければ、大丈夫です」代わりにアグスティンが答えた。

「毎年三月、ここウルエニャでは鐘の祭典が催され、各地から鐘打ちの名人が集まってきます」彼女は極端にゆっくり、紋切り型の口調で話し始めた。

「教会の鳴らす鐘の音は、それ程遠くはない時代まで村の生活の要でした」

二つめ三つめと進むうち、彼女の声は熱を帯び始めた。同時に口調も早くなる。

――小さな村では、互いにどこの家の事情も知っていた。だから遠くの野で働いている時も、赤子の誕生を告げる音が伝わってくれば無事に生まれた事を喜び合った。

そこで彼女はちょっと息を継いだ。すると野に響き渡る喜びの鐘が、深となったその表情に映し出された。

「男の子と女の子では，鳴らし方が違いました。でも、その後に悲しい音が続く事がよくありました」

誕生、それに続く母親の死、野で働く人はその場に跪き祈ったという。人の死を告げる鐘の音は、子どもと大人ではその打ち方が変えられた。子どもは短く激しく、大人は荘重に音を離して。彼女の声と表情はそのまま鐘の音色を反映した。わたしたちは、彼女を見守り、説明は続く。ともかく村のあらゆる出来事を鐘が伝え、従って打ち方には厳しい訓練が成されたようである。

床に置かれた大鐘の前で、彼女は立ち止まった。

「現実にあった話なのです。言い伝えではなくて」そう前置きして、話を始めた。

ある時期、小麦の植え付けの後から、待っても待っても雨は降らず、ついに村人は雨を呼ぶために教会前の広場に集まった。雨を祈願する鐘の音は次第に速く激しくなり、村人の祈りも白熱した。カンカン照りの広場は灼熱と鐘の音に滾《たぎ》り上がった。と燃えるような青空と野の彼方に、一片の雲が表れた。鐘の音は更に高まり、雲は近づく、朦れながら近づく、女性の声も高くなり目はキラキラ光り、スティンもアヤコもその顔に吸い寄せられる。アグスティンでさえ……。

「そうです。この鐘が雲を呼び寄せたのです」ふっと息をついて、その鐘に片手を置いた。

「昔は、鐘打ちのすばらしい名人がいました。もう亡くなったけど、あたしの祖父もそうだったの」

「で、雨は降ったんですか」スティンは尋ねた。

「降ったと思うわよ……。わかったかしら、わたしの説明。ついつい夢中になって、ちょっと速くなったような気がするわ」と、わたしに目を向けた。

「半分は想像で、半分は、声の表情で、よくわかった」と、わたしは答えた。

鐘のすばらしい語り手は、鐘打ちの名人の孫だったのだ。

「鐘の家」を出ると、道には人の姿も羊の群もなく湿った石畳の匂いがした。

突然、スティンが大声を出した。

「ア、あれ！」

見上げれば虹だった。思いがけなかった。七つの色は見る間に濃くなり、だれも居ない道の上で黙々と光る。

うれしくてたまらず、両側の閉めきった家を叩いて、虹だよ、大きな虹だよと教えたくなった。

城壁に登ると、虹はもっと大きく見えた。雨上がりの果てしない萌黄野を跨いで、一方は東の地平線、もう一方は西の地平線に架かっている。二つの根元は柔かく光って、埋められた宝の在り処を示す。

アグスティンの自慢気な声が言う。

「そら、これがカスティーリャの虹だ。何とすばらしいことか、わが故里は！」

二人の日本人、ベルリンっ子の若者、ロンドンの銀行マンの四人は素直に頷いた。

灯の点る街に着いても、とてもいい事に出会ったような気持ちは続いた。

エルミタ

十一月のある日、アグスティンが

「君たちにぜひ見せたいものがある。ウルエニャのエルミタだ。それはそれは美しい教会堂だ」

と、言い出した。人里離れた小さな教会堂をエルミタというそうだが、いろんな国から来ている六人は気が乗らなかった。それでも彼はわたし達を連れ出した。この小さな語学学校の校長先生は、スペイン語だけでなく此処の歴史、文化、詩などを生徒に伝える事を必須と心得えていた。話すにつれ、彼は熱くなりいつまでも続ける。

ウルエニャの教会堂は、野と空の間にぽつんと一つ有った。

ちょうど入り日の時、エルミタは長く伸びた夕日の中だった。オレンジ色に映える石のお堂を見上げながら、彼は説明する。

――この建物は、イタリア、ロンバルディア地方のロマネスク初期の様式に従って建築されたものである。特長は八角形の屋根、それを支える壁も八角形、十二世紀に建築が始められ云々……。

教会というより、見てごらん。もう野の一部になっているだろう。空、野、教会が見事なハーモニーを奏でている。――

なに、何故こんな寂しい所にかって、一人の学生の疑問に答えて彼は言った。あの時代は、邪念に囚われず、神だけと向かい合う生を求めて、人里離れた場所が選ばれていた。

「ここにも最近まで修道士がたった一人で暮らしていた。昼間は地を耕し、神に祈り……」

「でも、夜はどうするの、こんな所でたった一人で……」

アメリカ娘のエイミーがふいと尋ねた。

夜？　知らないねえ。きっと蝋燭の灯で繕い物かなんか、してたんだろう……。アグスティンは歯切れ悪く答え、ふっと口を噤む。

その間にも夕日は退き続け、まもなく教会もわたし達も陰の中に入った。明から暗に変わったその一瞬、目の前でエルミタの表情が一変した。オレンジ色の輝きは消えた。壁の高い所に彫られた窓は黒い小さな穴になり、寒々とした陰が教会を覆った。内部もまっ暗になったろう。

こんな晩秋の夜、この中でその人はどんな時を過ごしていたのだろう、一人で、石ばかりに囲まれた冷たい暗い時間を……。邪念の入り込めぬ生を自らに課していたとは言え、星々の凍る光と神、野を渡る風の音と狼の遠吠え、それだけで生きていくとは……。まるで生と死を同時に生きているような……。

想像を絶していた。だが、興味を強くそそられた。

「中を見てみたい」とわたしは言ったが、錆だらけの頑丈な錠前が扉には掛かっていた。アグスティンも、まだ一度も入った事はない、いつも外側から見るだけだと言った。

その丘を立ち去り、いつまでも暮れぬ野を走り、街の灯の中に入っても、一週間経っても、あの晩秋の夕方、明から暗に変わったエルミタの変貌は消えなかった。

「修道士って、どんな人なのか」というわたしの疑問に応えて、アグスティンは一つのソネットを見せた。昔、ある修道僧が神への愛をソネットで表現し、ずっと読み継がれてきた詩だということだった。

「神への愛」という言葉や、チンプンカンのラテン語が、凝り固まった愛を想像させ、最初、全く興味を引かれなかった。ところが彼は、修道院時代この詩に出会い今も大切にしていると前置きして朗読を始めた。そして一行一行を説明していった。読むうちに、説明するうちに、アグスティンの声も表情も、あのウルエニャの鐘の語り手のように、次第に熱を帯びていった。目が輝き、声には内面の感動が迸り、わたしは驚いてその表情を見守った。

神への抑えがたく湧き上がる愛、大きく強く、若々しく湧き上がる愛、まるで一人の健康な若者が、美しい乙女を無我夢中で愛しているような……、一人の人間が内包している美しいもの善いもの、すべての愛が全部、只一人の神さまに向けられているソネット。彼の説明を聞いていると、修道僧のそんな情熱が感じられた。

一段落が終わると、彼は息をついだ。そして白髪混じりの口髭を片手で拭いた。

「どう思うか、この詩を」

「神に捧げるソネットというから、清らかな固いものを想像していた。でも違った。人間のきれいな血の躍動が感じられた。それより、アグスティンの顔の変化の方がもっとおもしろい」

「なぜなら、若い頃と同じように、今も、この燃え上がる愛がわたしの心を震わすのだ」

スペイン人の彼は、そんな言葉をさらりと使った。

ソネットはまだ続いた。神がその愛を受けとめている場面だった。幼な子の魂のように、だが激しい恋心のように、自分を求める修道僧に、神は両手をさし伸べ応えた。

決してお前を一人にはしない、いつもどんな時も一緒だ、と。

頂点まで登り詰めた純粋な魂が神と合一した一瞬を、ソネットは高らかに歌い上げて終わった。

一人の人間が持つあらゆる愛情が、エルミタの暮らしの中で煮つまり、激しく純粋な炎となって神に向けられた。神さまはその愛に応えた。ただ空しく空しく燃え上がるのではなく、神はそれを掬い上げた。

それがソネットの内容だった。

エルミタに閉じ込もり、神の存在を感じながら生きていける生だってあったのかもしれぬ。そして体は孤独と固い沈黙の中で老い、神と合一するエネルギーは消えても、神の気配がずり落ちていく生をどこかでそっと支えていたのかもしれぬ。

想像できぬ世界だ。


十二月下旬帰国を目前に控えていた時、アグスティンはもう一度わたしをそのエルミタに連れていった。

運転しながら彼は言う。

「今度は何としても中に入ろう。任せておけ」

概に彼は其処の鍵がウルエニャの役場に管理されている事をキャッチしていた。

「はい」

天空の黒い一点を目で追いながら、わたしは返事した。空を大きく回っていた黒点は、いきなり一直線に下降を始め、鷹だった。着地した瞬間に直ぐ又空に登っていった。その鋭どい目は、冬枯れの野に動めくどんな小さな生き物も見逃さぬ。幾度か同じような光景を見かけた。カスティーリャの冬は、雪が降らぬ。固い青の広がりと眩めく太陽、だが街の噴水は凍る寒さだ。鷹や鷲が野の上空を高く飛ぶ。

「見たいんだろう、内部を」

「はい」

フロントガラスに目を戻して、わたしは答えた。

黒点は消えた。

役場に着いた時は、中食・シエスタの二時間休憩が始まる時間帯だった。扉のキーを回しかけていた人が、あっちの事務所に鍵は置いてあると教えてくれた。

鍵を預かっていたのは、大柄な金髪の娘、アグスティンはあの教会の内部が見たい事を告げた。

「残念だけど今日はもう駄目。さっき三十分前にわたしの仕事は終わりました。これから家に帰ります。だって家族はわたしが帰るのを待って中食を始めるから」

彼は引き下がらなかった。なんとか入れないものだろうかと言った。

「駄目です。あの教会は重要文化財に指定されてて勝手に入る事はできないのです。もう少し前だったら開けてあげられたのに」

と首を振る娘に、

「この小さな日本人のセニョーラが、あの教会に夢中で恋をしています。何度も足を運んだけど中に入れませんでした。まもなく日本に帰るので、その前にぜひ見せてやりたい」

と言い、横でわたしは驚いた。恋をしてるって、そんな……。何度もだって、まだ三度め。娘はわたしを見下ろしながら少し迷っていたが、

「わかりました。それなら案内しましょう」と、戸棚から古い大きな鍵を取り出した。

アグスティンは振り返って、わたしにウィンクした。

丘に着くとすぐに重い木の扉が開けられた。

一歩足を踏み入れた瞬間、異質の雰囲気が鼻にきた。

内部は全て石、祭壇も身廊も側廊もアーチの曲線を持つ石が支えている、ドームを形造る八角形の縁も軽くそり返った曲線、石の曲線は波のように重なって奥に続く。

ドームのすぐ下には小窓が四つ、射し込む四つの冬日は途中で交錯し、仄暗い空間に光の粒子が浮遊する。

何百年も続くこの石の沈黙の中で、ガイドの女性はこの教会の歴史を述べる。と、何故か途中から此処に住んでいた修道士のことを話し出した。口調が紋切型からリラックスしたものに変わった。

——自分が生まれる前のことで、実際には知らないが、年寄りたちから度々聞いて知っている。村の年寄りたちは、彼のことをよく覚えている。五十年も六十年も昔のことなのに、今でも彼らの

茶飲み話に登場してくるという。一人は向うの野を流れる小川で、その修道士が洗濯をしている姿を見かけた。もう一人は朝早くパンを買いに村の道に表れた姿に出会った。随分年を取った頃、風の吹く道をよろよろ歩いているのを見た人もいた。――

「たまにしか世間に姿を表さなかったので、見かけた人の話は今では伝説のようになっています」

「でも、この中の何処で暮らしてたんですか」

私は尋ねてみた。

「裏の壁際にくっ付いて小屋があってそこに……。ある日死んでいるのが発見されて、不要になった小屋は取り毀されました。水を貯めていた瓶は、今も残ってます」

それまでちっとも気がつかなかったが、教会の裏側に黒い大瓶は転がっていた。其処に住んだ修道士は、神と向き合う姿ではなく、なんとも覚束無い生活の断片を村の記憶に残した、大瓶を見ながらそう思った。

アンプディアの夜

「東の方にアンプディアという名の村がある。イスラム様式の古い道がそのまま残っていて、独特の雰囲気を持つ村だ」

何かの拍子にアグスティンが口にしたアンプディアという響きは、印象に残った。

一月の寒い午後、クラスの後で彼はわたし達をそこに案内した。

遠い地平線に沈みかけた太陽を背に走っていると、野の彼方に教会の塔が表れた。暗いバラ色の光線を照り返して、ゴシック様式の石の塔はガラス細工の姿になっていた。十三世紀から二世紀間かけて作られていった教会だという事だった。

塔はぐいぐい近まり、まもなくわたし達は村の中へ入った。道の一隅で車を下りると、外は凍る寒さ、日の暮れ時の村道には、人も灯も音も無かった。

ここには「文化の家」という名の美術館があって、アンプディアの最盛期に教会や修道院が所有していた財宝の一部が集められており、この村の繁栄が窺われる、まずそこを訪ねてみようと、アグスティンは言った。

おお寒いと縮込まるわたしらを尻目に、彼は意気揚々と歩き出したが、当てにしていた場所に「文化の家」は見当たらなかった。尋ねようにも人が居なかった。

「おかしい、移動する筈はないが」一人言を言い、首を傾けながら捜し初めた。迷路のような路地を右に曲がり左に曲がり、わたし達は只その後をついていった。

三つめか四つめの角を曲がった時、仄かに煙の匂いがしてきた。両側に並ぶ家のどこかで、暖炉を焚いているようだった。

その時、頭上で教会の鐘の音が始まった。

「六時だな」アグスティンは言った。

強い寒気を震わせながら、晩鐘の音はしばらく続いた。美術館に行くより、煙の匂いのする路地をこのまま歩き回っていたい気がした。

「此処だ」アグスティンが立ち止まったのは、白っぽい石の建物の前だった。表示も何も出てなかった。

「奇妙だ、建物が移動したわけでもあるまいに、」と又、同じ事を言った。

木の重い扉を開けると、ショールに包まった女の顔がふり向いた。

「ちょうど良かった。今日はもう閉めようと思っていました。あなた方が最初で最後の客です」

そう言いながら、照明のスイッチを入れた。天井の高い広間のあちこちで、小さな宝物がいっせいに光を浴びた。透かし彫りの大理石の小箱は淡いバラ色の光沢を帯び、サファイヤやルビーを嵌め込んだ金細工の十字架は深としたブルーや紅の色を放ち、冷え込む建物の内部に、低い美しい音が鳴り始めたような気がした。

美術館の女性は、ショールを外して徐ろに説明を始めた。

「文化の家」は、元、修道院だった。ナポレオンの侵入以来ずっと放置され、市民戦争を経た後は村人たちの藁置場に使われ、その状態が近年まで続いていた。だが近年の観光ブームで、かつての藁置場は、外見はそのまま残して、村の美術館に改装された。冬場の観光客は数える程しかいないが、訪ねてくる人もあるので開けている…との事。

それから宝物の方に移動した。

彼女は猛烈な早口だった。喋るにつれスピードは上がり、わたしには全く理解不能となった。一人の細工師がわが命を懸けて作り上げていっただろう一つ一つの小物に十分目を止める時間はなく、次の物に移動しなければならなかった。石の床や壁から、言いようのない寒さが這い上がってきた。宝物を見るより、その説明が早く終わる事だけを念じた。だが彼女の声は続きに続き、雪崩れ出ることばに小さな物たちの美しさはかき消えた。それでも二人のクラス仲間は、わたし同様、傾聴するふりをしていた。感情がすぐ面に出るアグスティンの顔には、焦立ちが表れた。

「次は二階を案内しましょう」彼女は更に四人を従えて階段を登っていった。壁に彫られた窓から、村の家々が灯を点し始めたのが見えた。

再び説明が始まってしばらく経った時、アグスティンが女性の腕にそっと手をかけて尋ねた。

「失礼ですが、何時になるでしょう」

「え？　ああ閉館、気になさらないで下さい、わたしの家はすぐこの近くですから」

「いいえ、お気持には感謝しますが、わたし達も次の用事が待っていますので」

そこで彼女はやっと話を止めた。出口に向って歩きながら、その時初めて気がついたようにわたしを見下ろして尋ねた。

「あら、セニョーラはどちらから？　中国？　それともフィリピン？」

「日本です」

「ああ、日本ね。わたし達の目には日本も中国もフィリピンもみんな同じに見えるのよ」

「ここには、外国からの客も来るんですか」

横からひょいとアグスティンが尋ねた。そこで彼女は足を止め、再び喋り出した。

「まず来ません、知らないでしょう、この村の事など。ここを知っているスペイン人は歴史に関心のある方が多いようです。ごらんの通りの寂れた村ですが、昔、それはそれは栄えていたのです。王家や貴族が競って此処に修道院や教会を作り、その頃往来はどんなに賑っていたことでしょう。今では若い人達が此処に居つかず、子どもの数はほんの数人、寂しいかぎり。だって夏は灼熱、冬は乾いた寒さに晒された何もない村ですから……。でも、あたしは自分の村が大好きなの」

ここで堪え性のないアグスティンは、さあ出かけなきゃ、遅くなるとわたし達を促した。

彼女は木の扉を開けたまま、闇の中に入る四人を見送った。

その姿が消えると、アグスティンはさっそくコメントした。

「きっと一日誰とも喋らず、退屈しきっていたに違いない。それが一遍に吹き出した感じだった。カスティーリャの女たちはお喋りに生きているのが多いからね」

ところが彼は自分の車を何処に止めたか忘れてしまった。誰も覚えてなかった。今度は車を捜しながら歩き回る破目になった。

暮れてしまった村の上で、空は暗い光を含んだ藍色を保った。果てしなく深い色合になっていつまでも暮れない。空と地が同時に暮れるわたし達の土地では、見たことのない色だった。

路地は深々と冷え込んだ。窓のカーテンに灯は映っていたが、生活の音は聞こえず、厚い壁の内側にどんな暮しがあるのか好奇心をそそられた。四人も無言で歩き続けた。

一つの辻を曲がった時、前方に開いたドアから灯の漏れている一隅が見えた。その明りの中を横切りながらふり向くと、ガラス戸の中は食料品店らしかった。太った女の後姿と赤い服を巻きつけられた犬の姿が見え、カウンター越しにパンを渡そうとしていた男の顔がひょいとこちらに視線を向けた。

一瞬の場面だった。わたし達は又暗がりに入り、迷路に似た路地を堂々巡りしているような気がした。不機嫌になったアグスティンは三人の生徒を引き連れて、あっちに曲がりこっちに曲がりをくり返した。

突然、外燈に照らされた空間が目の前に表れた。そこは巾広い石畳みの道だった。道に沿って、石の円柱が並ぶ。外燈の灯の下で、柱は道に影を落とし、光と影のだんだら模様が遠くまで続いた。人影は全くなく、夢の中を歩いているような気がした。

アグスティンがふり向いた。

「これがイスラム様式の古い道だ。柱はどれも八百年以上を経ているという。だが、おかしい。どうして此処にあるんだろうか。違う方向の筈だが……」

その光景の中にひっそりと白い猫が表れた。猫は光と影のだんだら模様を踏みながら、近づいてきた。光の中に入る度に、じっとこちらを窺いながら歩いている目が見えた。

捜していた車は、なんとその道に近い路地の入口に置かれていた。

「まさか、車が移動した訳ではあるまいし」

彼は又、同じことをいった。

「アグスティンの方向感覚も、わたしと同じだね」

「いや、わたしは昼のアンプディアしか知らないのでね。夜は姿を変えてしまう」

アンプディアのあの夜は、不断の暮しの中にふいと現われてくる。石畳みの道に刻まれた栄華の跡とあの村の夜の沈黙が一対になって、異なる風を日常に送り込む。

デュエロ川の行き着く先

リオ・デュエロはスペインの西の山奥で生まれ、カスティーリャの真只中を横切ってポルトガルに入り、それから大西洋に注ぎ込む。流域にはブドウ畑が連らなり、ワインの醸造所が点在し、幾層もの文化、歴史の跡が刻み込まれた村や街がある。

広漠とした大地を緩やかに蛇行しながら流れていく。バスや列車の車窓にも、よくデュエロが表れる。その大きな流れに沿って、遥か下の方に蛇行する川を一望しながら走ることもある。

わたしはその川に出合う度、気持ちにも体にも潤いが巡ってくるような気がした。そんな時、自分が日本人である事が強く意識された。いつも傍に水の気配があり、稲田の水の匂いを呼吸し、無意識のうちにそれは心の襞にまで染み込み、自分の感じ方、人への接し方を形成するエッセンスになっている事に気づかせられた。

カスティーリャ地方の乾いて堅い美しさにもとても心を引かれていたが、デュエロの水の光景に、ほっと気持ちの和むような懐しさを感じた。

街からバスで三十分の所に、トルデシージャという村がある。コロンブスのアメリカ大陸発見後、スペインとポルトガルの間でその分割を巡っての会議が行われた場所として、名の知られている村だという。そこには又、あの狂った王女ファンが半生涯を閉じ込められていた修道院もある。その修道院の裏扉を一歩出ると、すぐ真下をリオ・デュエロが流れている。ちょうどその辺りで大きく曲がって、野の彼方へ遠去かっていく。路地から見下ろすと、遠くからゆっくり近づき村を一巡りして離れていく川の全景が展望できた。周辺の野と村を繋ぐものは、古い石の橋、二千年以上の昔にローマ人の手で作られたものだという。

そこから更に三十分先には、アラブ時代とスペイン最盛期の二重の城壁に囲まれた古い村がある。名をトロという。今は、城壁の片割だけが残っている寂しい村である。その入口には、石の牛が足を踏んばって入ってくる者を見張っている。もう二千年以上同じ場所で同じ恰好で見張り続けているという。デュエロは野を横切ってそのトロに近づくが、傍をするりと抜けただけで離れ、古い都サモラに向う。

トルデシージャへのバスは、街から日に数回はあるので、わたしは平日の午後、何度かそこへ足を運んだ。その村の入日の時は、胸に迫る程美しかった。

遠い地平線の際で、真紅の玉になった太陽は寒々とした光線を村の路地に注ぎ込んだ。その一時、石畳みも家々の壁もデュエロの水面も同じ色に映えた。トルデシージャのお城も修道院も路地を登り詰めた所にある。両側には石とレンガの家が並び、ここの日暮れ時も物音がしない。人の姿にもめったに会わない。

一度、頭から爪先まで黒を纏った小さな老女に会ったことがある。夕日を背に坂を下りてくる姿を見て、なんだか懐しく声を掛けたい気がした。わたしに気がつくと、彼女は急に立ち止まった。

「ブェノス・タルデス」

「ブェノス・タルデス」

互いに夕方の挨拶を交わしてすれ違った後、振り返ると彼女は同じ所に立ったまま、まだこちらに目を向けていた。わたしも黒いオーバーに黒いマフラーを巻きつけていたが、喪中らしい老女が何を思いながら異邦人の小さな女を見ているのか、想像はつかなかった。

坂の上、家が切れた地点から見下ろすと、デュエロは荒涼とした野面を暗い橙色の輝きになって蛇行する。その彼方で、太陽は真紅のかけらになった。そして、いきなり消えた。川面の照り返しも消えた。

夕日の消えた村の道には、寒い沈黙が残った。その時ふっと、あの丘の上のエルミタが浮かんだ。坂の村も、明から暗に変わったその刹那、独特な表情を帯びた。過去の栄光の時と現在の時間が、一瞬一つに繋がって目の前に漂ったような気がした。

川は海に流れていくものという固定観念しか持ってなかったので、実を言えばデュエロが何処に流れていくのか全く無頓着だった。

サモラの城壁でふと耳にした会話から、リオ・デュエロはポルトガルに続いている事を初めて知った。

サモラはポルトガルとの国境に近い静かな古都である。ある週末、ふと思い付いてサモラ行きのバスに乗った。バヤドリードから二時間近くかかったので、着いたのはちょうど街が内に閉じ込もってしまうシエスタの時間帯だった。

お城に登る坂道で二人の尼僧とすれ違ったきりで、人の姿はなかった。空気はひじょうに冷たいのに光は眩い程に明るく、カスティーリャ独特のものだった。

城壁からは眼下に荒野が一望できた。

空は真冬の固いブルー、荒野は果てしない褐色とグレー、デュエロはその中を流れていた。光の帯になってゆらりゆらり向きを変えながら近づき遠去かる。

城も野もわたしも、すべてが遥かな静寂に包まれた。上空を大きく旋回していた鷹が、一瞬矢になって下降した。そして舞い上がり空間に消えた。

ふと傍にかわいい声を聞いてふり向くと、小さな女の子と犬、ひげ面の男が立っていた。

「パパ、こうのとりのお家、だあれも居ないね」

ひげ面を見上げながら、女の子は言った。左手の城壁に、大きな巣が見えた。

「みんなで暖かい国に飛んで行ったんだよ」

「あの赤ちゃんたちも?」

「そうだよ。ホラ覚えてるだろう、少し大きくなった時のこと、ママも一緒に見ただろう。こうのとりのパパとママが飛び方教えて、上手に飛べるようになったんだよ」

「うん、覚えてるよ。黄色いお口をぱくっと開けて、パパが運んできた虫食べてたでしょう。パパとママは、代わりばんこに虫を捜しに行ってたでしょう」

「そうだね。でも、もっと大きくなった時、ホラ、小さいのが二羽巣の側に立ってたじゃないか」

「うん。大きな口がぱくっと開いたもんね」

どうやら女の子の記憶は混乱しているらしかった。最も印象に残った場面だけが、浮かんでくるらしかった。

「そう。虫いっぱい食べて、力つけて、それからパパとママと一緒に飛んでいったんだろうね」

黙って二人の話を聞きながら、わたしはその光景を想像した。真白な四羽の鳥がいっせいに光の燃える緑と青の世界へ飛び立ち、点になり、そして消えた、目の前で、一瞬。

女の子はしばらく遠い地平線の方を見ていたが、ふと尋ねた。

「パパ、あっちのもっと先には何があるの」

「ポルトガルという国があるんだよ。デュエロが流れていく国だ」

「そこへ行ったの」

「もっと遠い国、パパも知らない国」

その時、初めてデュエロの行先を知った。

ポルトガル、子ども時代、本を読み始めの頃ある短い童話の中で知った名だった。内容は消えてしまったが、その未知な国への憧れは残った。八才か九才の記憶に焼きついたポルトガルは見知らぬ異国の雰囲気を持っていた。その後「小公子」で読んだアメリカやイギリスとも違い、アンデルセンとも「三銃士」のフランスとも違い、もっと不思議な空気を纏っていた。

眼下を流れる川の果てに、そのポルトガルがあるとは思いがけなかった。

ポルトガルへ行くには、バヤドリードを真夜中一時に出る列車と、日に一回マドリードから出ているバスがあった。わたしは、十二月半ばの早朝、そのバスに乗り込んだ。終点はオポルトという聞いた事もないような街だった。

昼、国境の村で一時間の昼食休憩があった後、バスはポルトガルの野山、時々表れる村を横切って走り続けた。

運転手はころころ太った陽気な人だった。五時間、六時間、運転しながら時々独り言のように乗客に話しかけた。

「きつねが居るよ」

「このロバ、ホセ・マリア（スペインの首相）に似てらあ」

乗客はどっと笑った。荷を背負ったロバと老人が、バスの脇を通り過ぎた。

わたしも途中で山野の光景にも見飽きて、バッグに一つ入っていた蜜柑を取り出した。皮を剥いで口に入れた瞬間、

「誰だ、蜜柑食ってるのは。今、匂いがしてきた」

運転手の声がバスの中に響き渡った。自分の事を言われたのかなと思って、わたしは顔を上げた。隣の人が、「バスでは、物を食べる事が禁止されています」と、そっと言った。わたしは慌てた。バス中がこちらを注目しているような気がした。

「すみません」と、日本語が出てきた。運転手はそれ以上何も言わなかった。

日本の光景によく似た車窓は夕方から夜に変わり、星が光り始めた。そして暗闇の山地を抜けたとたん、眼下に光の海が表れた。

「やっと着いた。あれが終点のオポルトだ」運転手が言った。

バスは急傾斜の道を猛スピードで下り、光の街に入った。そして大きな川の岸に出て、橋を渡り始めた。黒い川面の両側は一面に灯の煌めきを映していた。その時、ふっと、今デュエロを渡っているんだなと思った。その川がポルトガルのどこに入っているのか全く知らなかったし、バスに乗り込んだ時から一度もその姿に出会わなかったが、そう思った。バスは道路の一隅に止まり、そこが終点だった。

夜のオポルトは灯の煌めく都会というより、光と闇が入り混じった街だった。あちこちで暗闇が灯の隙間を埋めていた。

予約を取っていた宿は、川に近い裏通りにあった。値段の安さで選んだ仄暗い照明の質素なホテル。ことばはスペイン語が通じた。カウンターの若者に今渡ってきた川の名を尋ねたら、デュエロ川だと言った。そしてつけ加えた。

「川のこちら岸にはジプシーたちが住んでいます。夜の一人歩きはしないで下さい。危険です、特に日本の方は」

部屋の窓は裏通りに面していた。それ程遅い時間ではなかったが人通りは絶え、酔っ払いが一人何か呟きながら風に吹かれるように通っていった。

早朝、窓の下を通る話し声で目が覚めた。まだ六時前、そっとカーテンを開けると、暗い街燈の下を年配の女の後姿が通っていた。二人共、腕に布袋を下げ、朝の早い仕事に出かける様子だった。ポルトガルの見知らぬ土地の雰囲気だけに触れたくて、そして一つは生来の物臭から、地図も持たず歴史も文化も地形も下調べせずやってきた街だった。当然、宿を起点の足任せに歩き回る旅になった。

オポルトは坂の多い街だった。車はガタガタ車体を震わせながら、石畳の坂を登り下りした。美しい広場も歴史的な建物の並ぶ中心区も坂の中途に広がっていた。石畳の道を下りていくと、どれもデュエロの岸に出た。川は冬日の下で暖かい青の流れになっていた。

朝、その水面はもうもうと川霧を湧かせ、坂の両側に並ぶジプシーの露店市まで這い登ってきた。射し込んでくる朝日の中で、川霧も地に並べられた小物もキラキラ光った。日暮れ、岸を埋めるほったて小屋のような家々の窓に灯が点り、その前で川面は濃い夕映えを映した。対岸にそびえる塔や寺院は黒いシルエットになった。

気候のせいか、それとも無意識のカルチュア・ショックのせいか、最初の夜とっさに感じた闇と灯の入り混じった気配を、昼の通りにも感じた。モダンな都市の空気ではなく、現実の遠い奥の方で、それとも夢の中で知っているような懐しい気配だった。街に日は射し込んで人通りは多いのに、みょうに暗く暖かい空気をわたしの感覚は捉えた。自分が逆戻りした時の中に入ったような気がした。

人通りの間に、物乞いの姿が目についた。片腕を切り落としたような肩を露わにして、通行人に見せている男がいた。巨大に肥満した体を、地面にごろっと横たえている女も居た。いずれもその前にはブリキ缶が置かれ、通行人は無表情にコインを投げ入れた。

アンデルセンの童話にも、ブリューゲルの絵にも登場してくる物乞いたちのわが生傷を見せつけるような姿は、慣れない目をぎょっと竦ませたが、この街では、ささやかな、だが必死な商売として成立しているように見えた。

教会前の石段には、ブリキ缶と一緒に小さな老女が腰かけていた。何かが気になってもう一度目を向けると、蓬髪の老女はガタガタ震えながら独り言を呟いていた。なぜかその姿に晩年の母が重なった。

通りがかった娘が腰を屈め、そっとコインを入れた。そして肩に手を置いて何か話しかけた。だが老女は何も反応しなかった。あらぬ方を向いたまま、独り言を呟きガタガタ震え続けた。娘の手にも声にもコインにも、心を向けなかった。

朝、誰かがブリキ缶と老女をそこに置き、午後運び去る、ブリキ缶のコインはその誰かの糧になる、そんな構図が背後に読めた。

わたしもそっとコインを置いてその場を立ち去った。他に何ができたろう。

すれ違う年配の人たちの中で、時々とても懐しい表情に出会った。どこかでよく知っている顔、子どもの頃仲良しだった郵便屋さん、阿蘇の植木市で、負けろ負けないを交渉していたおばさん、昔、身の回りにざらに見ていたような顔、すれ違いながらわたしは勝手に記憶に残るそんな人たちと結びつけた。時代も国も全く違うのに、ふしぎだった。ショーウィンドーの服を覗き込んでいた男女は、婦人物のセーターに目を止めながら長い間話し合っていた。だが結局、中に入ることなく立ち去った。白いセーターの値だんは日本円にして千円にも満たなかった。二人の後姿はまた先のショーウィンドーに立ち止まっていた。その白いセーターを見ながら、わたしは考えた。あの年配の夫婦はきっと新しいセーターを捜してるんだ。幾つもショーウィンドーを巡り時間をかけて相談し、それから買うのだろう、二人は包んでもらったセーターをいそいそと持ち帰り大切に着るだろう、実に身勝手な想像だったが、オポルトという街の雰囲気にはそんなものが感じられた。

旧市街の広がる坂の半ばに、古風な石造りの建物を見かけた。透かし彫の美しい鉄の扉は開いていた。買物袋を下げた女たちの姿がそこを出入りしてるのを見て、わたしも中に入ってみた。ところが先にはもう一つ透かし細工の扉があって、それを入ると目の前に市場の光景が広がった。

高いドームの天井の下には、花々が溢れ、色とりどりの野菜が溢れ、パン屋に肉屋、チーズに服屋、いろんな小さな店がびっしり並び、人はその間を行き来していた。店は天井を囲むように作られた回廊にも並び、床と回廊は踏み込まれた石段で繋がれていた。回廊の手擦りから見下ろすと、市場の全景が見て取れた。その中に時々、鶏の鬨の声が上がった。方々からしてきた。その度に、高い丸天井に木魂して市場中に響き渡った。

鳴声を辿っていくと、肉屋の並ぶ通路に出た。鶏たちは、そこに居た。店先をうろついたり、地にまかれた野菜屑をつついたり、好き勝手に動き回り、柵の上に飛び上がっていたのが勇壮な鬨の声を放った。市場内部でなぜ彼らを放し飼いにしているのか、訳がわからず、これもポルトガル人の風習なのかなと思った。ついさっき立ち寄ったみやげ物屋の人が、スペイン語で、「昔、雄鶏はわが町の守り神だった」と言い、その姿を型取ったみやげ用の小物を出してくれた。

無心に寛いでいる鶏の姿はかわいかった。

と、そこへ買物籠を下げた女の客が来て、肉屋の女に何か注文した。黒い前掛けを巻いた女は、やおら長閑に寛いでいた一羽を両手で抱き上げた。赤い大きな鶏冠を持った雄鶏は、必死な声を張り上げた。だが一瞬のうちにバタ狂っていた羽はダラリと下がり、女客はそれを受け取った。そして動かなくなった雄鶏を籠に入れて立ち去った。

驚いて見入っていたわたしに、前掛けの女はポルトガル語で怒鳴りつけた。

「じゃまだ、そんな所に突っ立ってられたんじゃ。あっちへ行っておくれ」と言われたような気がして、その場を去った。

あの女客は、帰宅して鶏を処理し今夜のテーブルに並べるのだろう、鶏肉といえば、ガラスケースの中に並べられたパック入りの清潔な肉片しかイメージできぬ者には、そんな売り方は驚きだった。だが、食われる鶏と食う人間の距離は、ぐんと近まるにちがいないと思った。

三日めの午後、デュエロ川の岸辺に止まっている一両の電車を見た。古ぼけた路面電車だった。レールは川に沿った石畳みに嵌めこまれ、西に向って伸びていた。

空っぽの車内には、運転手が一人つまらなさそうな顔を川に向けていた。どこに行くという当てはなく、唯その路面電車に乗りたくて切符を買った。「終点まで」と言ったら、料金は同じだと無愛想に答えた。赤い鼻に青い目、わたしと同年代に見えた。乗客が五、六人になった時、何の案内もなくいきなりガタンと揺れて電車は発車した。ゆっくりした速度で小刻みに震えながら走った。気がつくと窓の左手でデュエロの川巾はたいそう広くなり、満々とした流れになった。岸に並ぶ家々の切れ間から、美しい青の輝きになって動いていくのが見えた。

電車はやっぱり何の案内もなく止まり、人が下り、乗ってきた。頭に籠を乗せた太った女も居た。本を抱えた若者も居た。

止まる時も発車する時も、ガタンと音をたてた。このままゴトゴト走る電車に乗って、川沿いにどこまでも行きたいような気がした。窓の光景は次第に街の場末から村のものに変わっていった。と、不意にガタッと震動して電車は止まった。今度はずっと発車しなかった。運転手は乗ったり下りたりしながら、何か調べていた。それから乗客に何やら言い、彼らは当り前のような顔で下り始めた。わたしは慌てた。

「すまないが、電車が止まってしまった。故障だ。下りてくれ、バス停はあっちだ」

とわたしに向ってはポルトガル風のスペイン語で言い、バス停を示した。

どこという当てはなく、他の乗客と一緒に最初に来たバスに乗り込んだ。川沿いの席は全部塞がっていた。通路側の空いた席に腰掛けて、隣の少女の横顔越しにデュエロに目を向けた。満々とした青い水面は、向う岸が見えぬ程広がって、流れているというより留まっているように見えた。隣の少女は度々わたしの方をふり向いた。きれいな金髪とふっくらした頬の娘だった。わたしの視線が気になるのだろうと思って、視線の位置を正面に向けたがどうしても見たかった。

少女に気づかれぬよう、片手を顔に置いて指の間からそっと目を向けた。

川岸の家々は、漁村の趣きになった。ボートが繋がれ、傍で日焼けした男たちが談笑したり網を繕っている姿が表れた。

川巾は果てしない程広くなって、それから海が表れた。冬日に光る青が空まで続いていた。バスはしばらくその海に沿って走った。途中で右に曲がり海は離れ、庭つきの豪奢な邸宅の並ぶ住宅地を抜け、再び街に入った。

そこが終点だった。

位置も方角もわからず、やみくもに歩き回った果てに宿に帰り着いた。

カウンターの女性に海の名を尋ねると、呆れたような口調で言った。

「大西洋ですよ」

その時初めて、リオ・デュエロは大西洋に行き着くのを知った。

街の渡り者

街の中心区には、趣向を凝らした旅芸人が次々に表れた。

奇抜なアイディア芸で数日間通行人を楽しませ、そろそろ見飽きる頃にはすっと消えた。野の草花のように、一組が消えると、また次の新しいのが何処からともなくやってきた。

クリスマス前の休日、街の広場を囲む道でおもしろい芸を見た。二匹の犬と二人の男から成る一座だった。後の二人は白い顎鬚に長い白髪、前の二匹は銀灰色の毛並、いずれもお揃いの銀紙金紙で飾られた黒いマントにとんがり帽子を身につけていた。

二人がゆったりしたテンポで小太鼓を叩くと、行儀よく座った前の二匹が音に合わせて頭を右、左に傾けた。頭と一緒に目玉も動き、とんがり帽子の房も揺れた。通行人は足を止め笑い顔になり拍手を送った。だが、二匹と二人は真面目くさった顔で芸を続けた。

箱の中は小銭でいっぱいになった。

二匹とも実によく訓練されていた。すぐ側に子どもがしゃがみ込み顔を覗き込んだ時も、太鼓の音が始まると澄ました顔で芸に入った。だが、すぐ前で四つん這いになった小さなボーヤがかわいい手をさし出した時は、犬の頭は止まった。よいしょと立ち上がり、ボーヤの鼻をペロリとなめ、観客はどっと笑った。後の男が犬のマントにそっと片手を置くと、再びちんまり座って芸を続けた。

寒い石の街の一隅に響く太鼓の音と笑い声に引かれて、通行人が次々に足を止めた。見るうちに誰もが笑顔になった。一人者の老人の寂しい顔にも、ほんのり笑みが浮かんだ。

その場を離れた後も、思い出す度に笑いが湧いた。

数日後、裏通りの食堂の前で例の二匹を見かけ近寄った。マントもトンガリ帽子も脱いで、大きな荷を積んだ二台のバイクの前に、ちょこんと座っていた。食事とシエスタで街が空っぽになる時間帯だった。わたしは日本語で犬たちに挨拶し、側にしゃがみ込んだ。二匹は見も知らぬわたしに両手をかけてじゃれつき、鼻まで嘗めようとした。まるで懐しい旧知に会ったような喜び方に見えた。窓越しにその場面が見えたのか、ドアを開けて持ち主が出てきた。白い髭を取った顔は、まだ若者だった。

二週間前にマドリッドから此所に来て、今日これから北の街レオンに行く予定だと言った。二人と二匹の一座は、スペイン各地だけでなくフランス国境の街にもポルトガルにも巡業して回るという。実に行儀のいい犬は、わたし達が話している間はきちんと座って待っていた。何才になるのかと尋ねたら、もう十年ぐらい一緒だ、何才かは知らないねと答えて、二匹の鼻面にチュッチュッと強くキスした。


旅の芸人たちだけでなく、街の人群には一味異なる風貌の異国人たちが混じっていた。聞いたこともない言葉を話す黒い肌の若者たち、中南米の顔立の男たち、見事な長い金髪をサッと一振りしながらそんな男たちに横目を走らせるまっ白な肌の女たち、浅黒い肌に真黒な髪のペルー人たち、そんな人種をよく見かけるのが、中央区の一画を占める広い樹木公園だった。森のような鬱蒼とした梢には様々な鳥や小動物が住み、大きな池には万の水鳥たちが暮らし、ハンサムなお巡りさんもうろうろしていた。

わたしは寂しくなると、よくそこへ行った。運がいい時はリスに会えた。孔雀も美しい水鳥たちもちっぽけな野鳥たちも、パン屑を投げると周りにさあっと寄ってきた。池の縁で遊ぶ家族連れに混じって、うら寂しい表情の人たちが鳥たちに見入り家族の姿を眺めていたが、本質的にはわたしもその一人であった。

アグスティンからは、「公園でそんな人種には話しかけるな。話しかけられても決して答えるな。

生きるためには、彼らは不意に凶器に変わる事だってある。ほんの一瞬のきっかけで」と再三注意された。日本人のわたしは、その感覚を持ち合わせてなかった。それに人生も終わりの方に目を向けるようになった年齢では、話しかけられる事などあまりなかった。だが人との何気ない会話にはいつも飢えていたから、わたしの方から度々彼らに話しかけた。

共通した雰囲気を感じるのか、稀には、彼らの方から話しかけてくる事もあった。会話はほんのちょっとしたきっかけから生まれた。再会を期待しないその時だけの会話だったが、妙に印象に残る事があった。コロンビアから稼ぎに来たという浅黒のぴちぴちした娘たち、エクアドルから三ヶ月のビザで入国し危険な工事現場で働いているという男たち、いずれも自分の母国を自慢した。ペルー人のグループもそうだった。

日曜日の午後、バッグに蜜柑とビスケット、新聞を詰め込んで公園に出かけた。日向のベンチでビスケットをつまみながら新聞を読んでいると、周りに孔雀や水鳥たちが寄ってきた。わたしは食べかけのビスケットを二、三枚砕いてばらまいた。

鳥たちの世界にも掟がある。まず見事な嘴を持つ大きな強いのが主な物を食べて退く。すると遠巻きに待っていた小鳥や雀がさあっとやってきて、食べ残しをつつく。無心に夢中で食べる。新しいのをばらまくと又、強いのが駆け寄り、それから弱いのの繰り返し。

気がつくと、遠巻きに見ていたのは小鳥たちだけではなかった。ペルー人の顔立ちの、黒い長いスカートの娘と若者たちも、その光景を眺めていた。

黄色の尖った嘴が待ち切れなくなってビスケットを持った片手を突つき、わたしは、「ヒャー」と飛びのいた。すると、黒いスカートの娘がいきなり笑い出した。高く澄んだ声で、体を揺すって笑い続けた。笑い声から健やかな空気が弾き出た。つられて、わたしも笑い出した。彼女の仲間たちが近づいてきた。みんな若かった。みんな、黒い翳った瞳を持っていた。そのうちの一番小柄な若者が、たいそう慇懃な言葉使いで話しかけてきた。

「セニョーラ、そのビスケットを一枚でいいから分けていただけないでしょうか。わたし達も鳥に何かやりたいけど、何も持っていません」

共通の顔立、褐色の肌の仲間たちは、ぐるりと取り囲む形で母親ほどの年齢の小さなアジア人をじっと見守った。

「喜んで」

わたしは袋ごと渡した。すると、五、六人の若者たちは、白い歯を見せて笑った。彼等を代表して話すのは、機敏な表情を持つその若者だけだった。自分たちは数日前に故郷クスコの村を発ってスペインに着いたばかり、これからこの街でしばらく働くつもりだと言った。

彼らがどんな村で育ったのか、どんな夢を抱いてスペインに渡ってきたのか、どんな所に滞在しているのか何も知らず、その場だけの会話で別れた。わたし達の気持ちを繋いだものは、黄色の見事な嘴を持ったあの水鳥、長いスカートの娘の笑い声、それと互いに必要だった人懐しさだった。

そのブルガリア人と最初に会ったのは、滞在延期を申請にいった警察署だった。同じ用事で来ている外国人たちの列に並んで、自分の番が来るまで長い間待たねばならなかった。隣りには、白髪混じりの労働者が並んでいた。何の共通点も無い年配の男と女は、最初互いに他々しかった。

「ここでもうどれ位待ってますか」

話しかけたのは、退屈しきったわたしの方だった。

「二時間」

「フー」

それから会話が始まった。頑丈な体つきの男は、厚手のごついセーターを着ていた。誰かの手編みだという事が一目で見て取れた。わたし以上に間違いだらけの片言スペイン語を使った。ズボンのポケットから黒いパスポートを出して、

「わたしの国はブルガリアだ」と言った。

とっさに高校時代よく歌ったロシア民謡の中の「ここは遠きブルガリア、ドナウの彼方」という歌詞が浮んだ。

尋ねた訳でもないのに、彼は途切れ途切れのスペイン語で続けた。

「家族はブルガリアに居る。ソフィヤの近くの村だ。息子はまだ学生で金が要る」そう言って更に「たくさん、たくさん要る」とくり返した。

「わたしは二年前から此処で働いている。そこで三ヵ月毎に警察署にやってくる」そして、首を振った。

「どこから来ているか」

「日本から」

「日本は金持ちの国だ。仕事がいっぱい有るだろう」

「今は、仕事を見つけるのは大変だ」

「そうか。ブルガリアは貧しい。仕事が無い。わたしはパン職人だった。だが工場は消えた。それで、此処に来た。給料がもう少しよければ、家族を呼びたい。それがわたしの願いだ。だが今の給料ではできない」

「スペインは好きか」わたしの問いに、彼は肩をすくめた。

「給料はもらえる。だが移民はどこでも厳しい。スペインも同じだ。わたしは故郷が一番だ」

「ここでもパンを焼いているのか」

「わたしはパン職人だった。だが此処ではそれをさせてくれない。パン工場で焼き上がったパンを窯から取り出す仕事をしている。夏は……」そして首を振りながら続けた、「もの凄い汗だ」

「ここで何をしているか」今度は彼の方が尋ねた。

「小さな学校で、スペイン語を勉強している」

「給料があるのか」

「無い。逆に学校に授業料を払う」

「それだけか」

「そうだ」

同年代の男は呆れたような顔でわたしを眺めた。

「日本人は金持ちだ。家族も一緒か」

わたしは一瞬言い澱んだ。家族と呼べる者は、どこにも居なかった。

「一緒じゃない。日本に……居る」わたしは曖昧に口籠った。

「家族と離れて暮らすのは、寂しい事だ」

彼はまた、首を振って言った。

「……」

「わたしは早く家族を呼びたい。一緒に暮らしたい。だが、できない」

見ず知らずの日本人に言っているより、自分自身に言ってるように見えた。

その後、公園の通り過がりにもう一度そのブルガリア人を見かけた。ぶら下げたビニール袋からパンの切れ端を取り出しては鳥たちにやっていた。周りを囲んだ鳥たちは、先を争って上手に見事な嘴でそれを受け取めた。取りそこねた鳥は、彼の顔を見上げて「グワー、グワー」とねだった。まるで父親に何かをねだるボーヤの姿だった。彼の横顔はそれを見下ろしながら、黙ってパンをさし出していた。警察署で目を引かれたあの手編みのセーターを着ていた。ブルガリアの村の、未知の静寂の中で編み込まれたセーターのような気がした。

「やあ、又会ったね」わたしは近づいていった。

「やあ。ここには時々来るのか」

「住まいがこの近くだから、毎日ここを通って行き来してる」

「わたしの住まいは街の外れだ」

しばらく一緒に鳥たちを眺めた。

「この公園には、野良猫の親子も住んでるよ。まだ小っちゃいのを四匹連れている。あっちの方」

わたしは向うの木立ちの一角を指さした。だが彼は怪訝な顔をした。多分、「野良猫」という単語がわからなかったんだろうと推察して、わたしは身ぶりを混じえて説明した。

「ああ」彼は笑顔になって頷いた。そして言った。

「ここの鳥は楽しい。人間を恐がらない」

「人間も自分と同じ仲間だと思い込んでいるみたいだね」

わたしは、素敵なセーターだねと褒めようとしたが遠慮した。それから「じゃあ」と手を上げて離れた。

その後は、もう会う事はなかった。


一月の厳寒の頃、街の目抜き通りに男女の物乞いが表れた。二人は離れ離れの場所で稼いでいた。女は組んだ胡座の前に小箱を置いて、いつ見かけても本を読んでいた。箱にコインが投げられても、顔も上げなかったし、「ありがとう」とも言わなかった。傍に松葉杖が置いてあった。

一度好奇心に駆られて、何を読んでいるのか尋ねたことがあった。

「インドの、神の本。でもポルトガル語で書かれている」

彼女はその本をわたしに見せた。肩に羽織ったショールと同じ程に擦り切れたページに、インク字の書き込みが見えた。

「わたしはインドを知らないけど、父も母もインドの人でした。だから、とても興味があるの」

彼女の話すスペイン語には、ポルトガル語の響きが混じっていた。浅黒い顔は生真面目な学生のような風貌をしていたが、黒い長髪には白髪がいっぱいあった。黙って本を読んでいる姿は、それだけで人の目を引いた。

彼女とは対照的に、男の物乞いは空気の一部になって座っていた。誰の目にも入らなかった。歩いていてたまたま目を向けた時、そこに男と犬の姿があり、初めてその存在に気がついた。寒い薄闇の中に半分消えかかりながら、小さな寂しい顔でコインが投げられるのを待っていた。だが時々、はっと胸を突かれるような横顔で考え込んでいることがあった。

いつも犬と一緒だった。犬は背を丸めて眠ってばかりいた。

ダイアモンドダストがさあっとこぼれ落ちてくる冷たい日も、風の吹く午後も、場を変えながら同じように座っていた。そんな日犬の体には毛布がかけられていた。

わたしは犬と遊びたいためにコインを入れ、度々彼と言葉を交わした。

最初の時は、犬に触っても大丈夫だろうかと尋ね、「優しい犬です。決して噛みません」という答えで、おずおず手を出した。犬はチラッと目を上げ、面倒臭そうにぺろっと一嘗めしただけで又目を瞑った。

「わたしの犬はいつも腹を空かせていて、元気がありません。それに今は三匹の赤ん坊のママだから、食べた物は乳になってしまいます」

彼の話し方にも柔らかいポルトガル訛りがあった。

「赤ん坊？　何処に居るんですか」

わたしは周囲を見回した。

「マダム、此所ではありません。家です。箱の中で一緒に眠っています」

「家？　ああ、家ね」

眠る家があるのなら、疲れ切った母犬を寒空の下に連れてくることもあるまいにと思ったが、口には出さなかった。犬の名はマーシェンカと言った。一旦話し出すと、彼は後から後から話し続けた。

「わたしがパンを食っていると、マーシェンカがわたしの口許を見上げる、じいっと見守る。自分の飢えの方を満たすために、わたしは大急ぎで呑み込む。するとマーシェンカはわたしの膝に両手をかけて伸び上がり、じっとわたしの口を見る。そうなると、どれ程腹が空いていても自分だけでは食えない。わたしは残りの半分を分ける。マーシェンカはがつがつ食う。夢中になって食います。たちまち食い終わる。そうすると、又わたしの顔を見上げる。マダム、どうする事ができましょう。もう何も無い、わたしには」

彼の顔は、真剣だった。物乞いとコインを施す者の関係ではなく、目の前の人間の辛さをわたしの心の深い部分が感得した。とっさにわたしは、マーシェンカのためにコインを一枚増やそうかと思った。だが、心の深い部分がそれにブレーキをかけた。

結局、わたしもどうする事ができよう。

きれいな冬の日が射して、プラタナスの並木が広い舗道に網目の影を映しているソリージャ通りを歩いている時、ふと目を向けるとマーシェンカとあの物乞いがいた。マーシェンカは日向の暖かい光の中で、やっぱり眠っていた。肩の骨が突き出て、前より瘠せたように思えた。

物乞いは、わたしの事を覚えていた。

「わたしの奥さんが小さな年配のアジア人のセニョーラの事を話していたけど、きっとマダムの事ですね」

「奥さん？　いつも本を読んでいる女性？」

「そうです。いつも本を読んでいます。わたしの奥さんは本が命です。もうボロボロになっているけど、どこへ行くにも本だけは大切に持ち歩いてます」

「わたしも本が好きです」

「わたしの奥さんがそう言ってました。あのセニョーラは本が好きそうだと。わたしの奥さんはインスピレーションが働きます」

「なんだか恐い」

「いいえ、わたしの奥さんは本当は優しい人なのです。インド人で学があります。若い頃ポルトガルで知り合い、結婚しました。今では年を取って病気がち、彼女の骨はとても痛むのでかわいそうです」

そう言いながら手を伸ばしてマーシェンカの背を撫でた。犬はちょっと耳をたてたが眠り続けた。浮き出した肋骨が規則正しく上下し、しんから寝入っているようだった。

「三匹の子犬、どうしてますか」

「マダム、もう歩きます。もう少し暖かくなったら、連れてきます」

わたしは立ち上がり、その場を離れた。厚い防寒着を身につけて、辞書と本の入ったバッグを下げ、飢えなど知りもしないわたしは骨が痛いというインド人の女性の事もマーシェンカの事も、影の薄い物乞いのことも忘れて、暖房の効いたバルに入りワインを注文した。

三月、マロニエの芽が膨らみ鳥たちが卵を孵しに古巣に戻ってきても、寒さは度々ぶり返した。その日午後のクラスが終わって一人ソリージャ通りへ出ると、プラタナスの黒い枝の間を雪片が舞っていた。一日が暮れかけ、あちこちから人の群が集まってくる時間帯だった。香水の匂い、色とりどりのマフラー、子どもたちのフワフワしたオーバー、ひっきりなしのお喋りに混じって歩きながらふと目を向けた先に物乞いが居た。一人だった。いつもの犬の姿は見えなかった。雪の舞う薄闇の中でじいっと何か考え込んでいた。コインを待つ物乞いの顔ではなく、苦悩に捉えられた人の表情だった。その時も何故かコインはさし出せず話しかける事も憚られて、黙って通り過ぎた。

四月、夕方になると春のやわらかい空気がぽかっと表れた。朝は冬、夕方は春という日が続いていた。目抜き通りに居た彼に、二、三日したら帰国する事を告げた。

「マダム、近いうちにわたし達もここを去ります。それでは、さようなら」

「マーシェンカは、この頃見えませんね」

「マーシェンカは死にました。三匹の子犬も死にました。寒さにやられました。飢えにも」

彼は目を伏せ、わたしは何も言えなかった。

「今度は何処に」

「バレンシアです。マダム」

わたしはいつもよりたくさんコインを入れ、物乞いと別れた。

一隅の出会い

傷跡――コルドバの路地で

グァダルキビル川左岸の森に日が落ちて、コルドバは残照に包まれた。教会もモスクも坂沿いにせり上がる家並も、眩しい色合に映える。脚の下では、川も入日の色だ。

今夜はクリスマス・イブ、どこかでパンとワインを少し買っておかねば、橋の上から橙色の川面を見ながら思う。きっとコルドバでもすべてのバル・レストランは早々に閉められ、小さな街全体が家族の時に変わるだろう。数年前にはカトリックの国のそんな習慣など露知らず、セビリアの小ホテルでイブの夜を飢えて過ごしたことがあった。バル通りはさっさと灯を消し、ホテルは一切のサービスを止めた。四つ星、五つ星のホテルのことは知らぬが、日本とはまるで事情が異なった。空っぽの胃袋を抱えてホテルの部屋に一人過ごす夜は侘しかった。ただ、窓から見下ろす路地の突き当たりに、一つの街燈が点っていた。壁に取り付けられた角燈だった。だれも通らぬ闇を照らす灯は、村道の野仏のように懐しかった。

真夜中もずっと点っていた。

パンと街燈、それに少しのワインがあれば、家族の灯が賑やかなイブの夜もなんとか過ごせる、それに今度は与謝蕪村の文庫本も持ってきた。

脚の下を川面はオレンジ色のさざ波になって、流れ続ける。もうしばらく、この橋の上から入日の後のコルドバを眺めていよう。

ユダヤ教、イスラム教、カトリックと三つの文化の跡が刻み込まれたこの古都には、入り組んだ路地と静かな広場が多い。幾世紀もの時が染み込んだそれら路地裏は、ふしぎな雰囲気を映し出す。時と場所の感覚が薄れていくような、思いもかけぬ事にひょいと出会いそうな。広場は路地裏の至る所にある。角を曲るとジャスミンの匂いがして緑に囲まれた空間が現われたり、行き止まりで木と噴水に出会ったり。ジャスミンは冬なのに白やブルー、淡いピンクの花をつけていた。旧ユダヤ人街の迷路では、ブーゲンビリアが花盛りの広場を見た。夏の花と思い込んでいたので目を疑ったが、確かにブーゲンビリアだった。石壁を這い回って溢れるような桃色に咲いていた。

どの広場にも、ベンチと街燈、それに二、三本の木がある。その界隈に住む人がちょいと腰を下ろして、ひと時を過ごしていく一隅になっているのだろう。

コルドバに居た四日間、足に任せてそんな広場を巡り歩いた。

ベンチに居た人と一度言葉を交わした時、コルドバにはどうしてこんなに花がいっぱいなのか尋ねてみた。

「この街の昔からの慣わしだから。花を育てる習慣を血の中に持ってるのよ。春や夏はこんなもんじゃないわ。どこもかしこも花、花、花」

彼女は言った。

この午後もたまたま見かけた石段を登った時、ブーゲンビリアの咲く広場にぶつかった。片側に教会があった。ベンチでは茶色の犬が寝入っていた。首輪は持たない。その向うのベンチには汚れた蓬髪の男、傍に空っぽの瓶が転がっている。

広場の全てがアンダルシア地方に特有の鮮やかな陽光を浴びていた。老人も犬も、教会も、中央の噴水と外燈も、ブーゲンビリアも。光はもう夕方の色合いだった。

わたしもベンチに近より、聞こうが聞くまいが眠る犬に話しかける。

「やあ、いい広場だね。光がいっぱい。御覧よ、あっちの石壁、冬なのにブーゲンビリアだよ。まるで炎だね。

夜になったらあの外燈、一斉に灯を点すんだろうな。見てみたいなあ」

途中で犬はむっくり顔を上げ、じいっとわたしの顔を見る。そこで挨拶代わりに手をさし出したら、いきなりベンチから飛び下りた。そして向うのベンチに飛び乗って、わが主の後に隠れた。そこから顔だけ出して、こちらを窺う。

主人の方は動かない。煌めく空間に目を向けたまま、犬にも不意の侵入者にも無関心。

空っぽの瓶を見て、わたしは勝手に想像する。今日はクリスマス・イブの日、アルコールの魔力のおかげで、子ども時代のクリスマスに戻ってるんだ、きっと。穏やかな顔つきしているから。

夕日の射す広場に、他の人影は現われない。わたしも何処かに座って、この広場の時を一匹そして向うの一人と共有したくなる。立ち去りたくない。だが、彼らの邪魔はしたくない。犬はまだこっちを窺っている。

登ってきた石段とは反対側の下り坂に向かって歩き始めた。途中ふり返ると、首輪のない犬はもとのベンチに戻って、体を丸めていた。

それからぐいぐい坂を下りて、グァダルキビル川の岸に出たのだった。

今、目の前で川面の残照は消えた。店が閉まる前にパンとワインを買っておかねば、今夜は犬の居たあの広場で外燈の灯を見ながら晩食を取ろうと思いつつ、橋を渡った。


日が落ちた後も南のアンダルシア地方では黄昏がいつまでも続く。頭上で空は濃く固い紺色に変わっていく。

わたしはパンとワインを袋に入れてホテルを出た。

さっきの広場は石段を登った所にあった筈、教会の横で小さな噴水を囲むように外燈が並んでいたのを、はっきり覚えている。イブのミサは夜中の十二時に始まるから、それまで広場に人は居ないだろう。外燈だけが静かな闇と水音を照らしているだろう。

ところが同じような石段はあちこちに有り、路地はどこも似通り、いつものように途中で方角が消えてしまった。

薄闇の奥に外燈がつき始めた。角燈の内部にぽっと青色が点り、だんだん光を増して豊潤な橙色になる。だが石段は見つからない。

バルの並ぶ石畳の道に出ると、あちこちに人がたむろしていた。グラス片手の大声の談笑が聞こえてくる。イブの夜、家族一同が揃う晩食はだいたい九時から十時の間に始まる。各地から帰省した若者たちや手の空いた男たちは、それまでの時間バルで仲間たちと過ごす。どんな村や街でもそれは慣わしになっているらしい。バルはどこも彼らの大声と笑い声でふくれ上がり、入りきれぬ客は道にはみ出す。道には小テーブルが並べられる。

そのどよめきを縫って独り路地と道を出這りする内に、気分は次第に沈んでいった。

ある路地の暗がりから、人が言い争うような声がした。お昼間、散歩中のダックスフンドとすれ違った道だ。わたしは思い出す。あの突き当りを左に曲がれば、一本の樹が枝を広げた一隅があった。其処を通り過ぎると急な石段にぶつかった。それを昇った所にあの教会があったような気がする。

そこで大きな人影と小さな影が言い争っている路地に入った。二つの声の脇をブェナス・ノーチェと挨拶して通り過ぎようとした時、二つの顔が同時にふり向いた。一人は女、もう一人はボーヤだった。と、いきなり、女が言った。

「あなたは、外国の人でしょう。でも何処かで会ったことがある。そうでしょう」

わたしは驚いて、その顔に目を向けた。小さなボーヤの足許に犬も居た。

「何処で会ったのかしら……。思い出せない」その口調には少々アルコールの匂いがしたが、わたしは真面目に答えた。

「旅の途中の日本人です。コルドバは今日で四日めだから、どこかで擦れ違ったんでしょう」

「そんな事じゃないわ。何故知ってるような気がするんだろう……」

女の目がじっと見知らぬ日本人に止まる。ボーヤも犬も見知らぬ顔をじっと見守る。向うの街燈の仄暗い明かりに浮かぶ女の顔は、もう若くはない。

灯の明るい道の方から、どっと若者たちの笑い声が転がり込んできた。身の回りで夜になりかけた路地の時がゆさりと動めき、わたしの目も彼女に止まる。どこかで知っている、現実ではない時の中で、それとも過去のある時点で形にならぬまま消えてしまった一つの意識に出会ったような、そんな事だって生じるかもしれない、一瞬そう思う。下の方から見上げている犬の目とボーヤの二つの目は単純できれいな現実、なに只の酔っ払いだ。わたしは立ち去りかける。

「それじゃあ、いいクリスマスを」

その瞬間、彼女はまた尋ねた。

「待って、あなたも一人なんでしょう。今夜のイブ、どこで晩食とるの、ホテルで?」

わたしはしぶしぶ答える。尋ねてもらいたくはない質問だ。

「教会横の広場、そのベンチで」

「イブの夜を独りで?　それも広場のベンチで?」

彼女の声は尻上がりになる。

「そうよ、噴水を囲んだ街燈があるし」

「それはいけない、寂しすぎる」

余計なお世話だ、内心そう思いながら笑顔で歩き出す。と彼女はわたしの腕に手をかけた。

「わたしの両親の家に行きましょう。そこで一緒に晩食を取りましょう」

「おお、とんでもない。でも、ありがとう」

突然の申し出に驚いて言った。彼女はなぜか躍気になった。

「両親は素朴な貧しい人たち。教育もありません。住まいも質素です。でも、とてもいい人たち。行きましょう。この甥が言ったけど、イブのメニューは鳥の丸焼きとコルドバの伝統的なスープ。ママのスープは、飛切りよ」

わたしの日本人気質はぴしゃりと断わることはできず、回りくどく言い訳しながらノーの気持を伝えようとする。通じはしない。

「ホルへが迎えにきたから、わたしも今行く途中なの。両親は道を隔てたあっちの新開地区、わたしはこっちの界隈に住んでる。わたしの彼が去ってからずっと一人。仕事も止めたから昼も夜もそのピソにずっと一人」

見ず知らずの他人に自らの事情を一気に話すその無防備さに、わたしはおろおろする。さりとて、言葉を挟むことなどできぬ。ボーヤの目は女の顔を見上げる。

「彼が去ったのは、この四月でした」

と呟いた。と、ボーヤが口を出す。

「おばちゃん、行こうよ。おじいちゃん達が待ってるよ。きっと連れてくるんだぞと、ぼくに言ったんだよ」

犬も女を見上げてしきりに尾を振る。

「この子はわたしの甥、五才なの。わたしは四十四才、両親は七十四と七十一。貧しく学はないけど、そりゃあ心の暖かい人たち。ママのスープは食べてごらんなさい、最高に旨い。行きましょう」

さっきと同じ事をくり返して腕を引っ張った。今度はわたしもはっきり断る。

「それはできません。イブの晩食に見ず知らずの家に押しかけるなど」

「わたしは口先だけで言ってるんじゃないのよ。心底から、誠意をもって言ってるのよ」

彼女の目は口調と同じに真剣になる。

「それはわかります。でも出来ない」

ボーヤは女の上着を引っ張る。

「おばちゃん、もう行こうよ」

犬も走り出しそうな恰好になる。その一人と一匹には目を向けず、彼女は興奮して同じことをくり返す。

「両親の食卓は決して贅沢じゃない。でも暖かい食べ物と心がある。わたしは心から、こころから誘ってるのよ」

誘いは続く。断っても断っても必死になって同じ事をくり返す。何故それ程執拗に誘うのか、わたしには訳がわからない。だが、直感的に感じる。今その手を振り切って立ち去れば彼女の心の深い部分を傷つけてしまうと。彼女の目を見ながらそう思った。

ついにわたしの方が折れる。そして言った。

「それじゃ、こうしましょう。御両親にクリスマスの挨拶だけしに行きます。そして直ぐに帰る。それでいいね」

「いいわ」

彼女の興奮は静まった。

「わたしの両親はコルドバをわが天国と思ってる人たちだから、旅行もあまりしないの。クリスマスの夜に日本の人が訪ねてきたら、喜ぶわ」

ボーヤと犬、女とわたしは路地を出て賑やかな道を横切り、反対側の地区に入った。建物は新開地のどこにでも有るアパート群に変わった。女は歩きながらさっきと同じ事をくどくどと話し続ける。わたしはもう聞いてない。そうして灯の暖かい慎ましい家族の食卓を想像する、一抹の興味は覚えるが、それより気が重い。ボーヤと犬は飛び跳ねる恰好で前を行く、空にはもうぽつりぽつり星が現われていた。


同じような建物が並ぶ入り口の一つで、ボーヤと犬が立ち止まった。

「両親の家はこの三階」

女は玄関脇に取り付けられたブザーを押した。インターホンで
「ママ、カルメンよ。お客さん連れてきたわ」

と伝えると正面ドアのキーが外された。内部はエレベーターの無い建物だった。狭い階段を登っていく途中、各階で家族の賑やかな声がしてきた。三階の住まいでは、えぷろん姿の女性がドアを開けて待っていた。わたしを見たとたん、その目が大きく見開かれた。

「ママ、この人がお客さん」

母親は黙ったまま頷いた。

入り口は狭いキッチンに続き、テーブルにはもう皿が置かれていた。コンロでは鍋が湯気をたて、わたしは生活の暖かい匂いにふわっと包まれた。

「カルメンの声がした。あいつが客連れてくるなど珍しい」

太い声がして、着古したガウンの男がトイレから出てきた。だが見知らぬアジア人に気づくと、ぎょっと立ち止まった。

「向うの路地で会ったの。広場のベンチで一人晩食とるて言ったから連れてきた」

カルメンは手短に言って、鍋の中を覗き込んだ。

わたしは慌てて此処に来るまでに至った経緯を説明した。急き込むと、わたしのスペイン語はいつも乱れる。だが最後に、

「クリスマスの挨拶したら直ぐに帰るつもりで立ち寄りました」

と、伝えた。

父親は黙って頷き、みすぼらしい小さなアジア人をじっと見下ろした。何かを探られているような気がして、我知らず口走った。

「いえ、只、広場の街燈が見たいのです。もう行かなきゃ遅くなる」

側からカルメンが口を挟んだ。

「コーヒーぐらい飲んでいって。すぐ入れるから」

と、父親がそれを遮った。

「この人、広場の街燈がどうとか言っていたろう、遅くなるとか…」

カルメンはとっさにテーブルのオレンジを三つ取ってわたしに渡した。

無言でキッチンに突っ立っていた両親は、去りかけたわたしにそれでも「いいクリスマスを」と挨拶した。

「そこまで送るわ」

カルメンがマフラーを巻いている時、父親はボーヤをふり向いた。

「ホルへ、一緒に行っておくれ」

犬はぼくもと尾を振ったが、「お前はダメ」と一喝され、しょんぼりした目で床に踞った。


外に出ると一面の星だった。

広場はどこかへ消えてしまった。パンとワインの袋をぶら下げて、いったい何処へ行けばいいんだろう。バルは灯を消し始め、道の賑いも下火になっていた。

まもなく家族の時が始まる。

カルメンはホテルの名を尋ねたから、そちらの方へ向かっているのか、傍らでカルメンの声はひっきりなしに続き、わたしはもう聞いていない。ボーヤはおばさんの手を握り黙って連いてくる。

仕事はなく昼も夜も部屋で一人過ごしているという彼女の姿が、途切れぬ声の奥に覗く。

ふいとその声を遮って尋ねる。

「カルメン、今わたし達何処へ向かってるの」

「ホテルでしょう。広場の夜は恐いよ」

「時期を外してしまった。おや、この街では北極星があんなにくっきり見える」

星空の美しさに気がついて、わたしは立ち止まる。ボーヤの顔がわたしの人差指を辿って上を向く、カルメンも立ち止まり、それからいきなり言った。

「わたしは病気なの。ずっと薬のんでる。うつ病」

「え？」

思わずその顔を見上げた。

「見て、ここ」

彼女はマフラーを解いた。

「傷跡、見えるでしょう」

一瞬ぎょっとして指さした部分に目を向ける。街燈の仄暗い明かりの下で、彼女の首は陰になっている。

「見えない、何も」

直後、濃い沈黙が三人を包む。と、ボーヤが泣き声になった。

「ぼく恐いよ。厭だよ。おばちゃん、帰ろうよ」

小さな子の恐怖はわたしにも乗り移る。謂のない不安が脹れ上がって言葉が出ない。

再び、沈黙。

女はボーヤの肩に手を置いた。

「ゴメンね、ホルへ。思い出させて。そう、おじいちゃんとこへ帰ろうね」

これまでの上擦った調子はなく、そう言った声は静かだった。

「ホテルは、ほら見えるでしょう。小さなネオン。あそこ。

わたし達はここで帰るわ。ありがとう、両親にも会ってくれて」

彼女はわたしの両頬に挨拶のキスをして言った。

「アディオス」

神のもとへという意のこの別れのことばは、スペイン語の中で一番好きなものだ。わたしも日本語の美しいことばで答えた。

「さようなら」

手をつないだ二人の後姿を、しばらく見送った。カルメンは途中一度ふり返って、大きく両手を振った。それから曲がり角へ消えた。

わたしは灯の満ちるホテルを通り過ぎて、定まらぬ気持ちに引きずられるまま謎めいた夜の路地へ入っていく。頭上の狭間にオリオンが掛かっていた。


みんな、居なくなればいい——トレドの路地裏で

トレドの崖っ縁に立って、タホ川の姿を眺める。

遠い地平線に現われた川は野を横切ってゆるゆると近づいてくる。丘陵に築かれたトレドの街をほぼ半周すると、ポルトガルに向かって離れていく。幾つもの異民族が入り乱れた古都の周りで、川の流れは悠々と変わらぬ時の姿を映し出す。ローマの時代も、西ゴート次いでアラブに支配された時代も、スペイン内戦の時も、そして五百年後も、タホ川は同じ流れであろう。

丘陵の坂を川に向かって下る傾斜地に、かっての旧ユダヤ人居住区がひろがっている。密集した建物の間を縫って、複雑な路地が縦横に走る。曲がり角だらけだから、歩いている途中で方向も出口もわからなくなる。方向音痴の者は昼間でも迷い込み堂々巡りをくり返す。此処の夜は慣れた人も惑わせるという。崩壊寸前のレンガの建物に人の気配はない。何年か前、この辺りをよく知っている人に案内されて、数人で真夜中の路地裏巡りをしたことがある。街燈はあっても闇は濃く、何が現われるかわからぬような不気味さを感じた。その中にぽつんぽつんと灯の点る窓が見えた。

路地はその地区の時を作り出す。

トレドの旧ユダヤ人地区の真夜中には測り知れぬ気配が漂っていた。

この一月にも帰国の前日トレドを訪れた。マドリッドからバスで近づいた時、丘陵全体が降雪に煙っているのが見えた。

丘の上の中央区にも雪が舞っていた。それでも日本人の団体や最新のモードに身を包んだ中国人若者のグループが、街巡りをしているのに出会った。

途中、日本人の若い女性と立ち話した。これからトレドを発ち、グラナダへ移動すると言った。

「スペインは太陽と青空の国かと思ってきたら、当て外れでした」

「でも此処ではグレコの絵が幾つか見れたでしょう」

ぐるぐる巻いたマフラーの中から、わたしは尋ねる。

「絵ではなく、ある修道院でグレコのお棺を見てきました。ガラス張りの床の下に置かれていました。見事な黒の柩。そこの尼さんが何か説明して、通訳が日本語にしてくれました。棺の中は空っぽかもしれないと。当の骨は画家の息子が別の教会に安置したという説があるそうです。だあれも開けたことがないからわからないんですって。トレドで一番印象に残ったのはその話」

母親らしい人の声が、アキコ、行くわよと呼んで彼女はグループに戻った。

雪は降り続いた。

スペイン滞在の最後の日にもう一度タホ川を見ておこうと、旧ユダヤ人居住区に下りた。どんなに曲がり角があっても、下へ下へと石畳を下りていきさえすれば川岸の崖に出るから、行きは迷うことはない。

眼下の視界は降雪の白い広がりだった。

遠くと近くをつなぐものは一切消え、自分自身も果てのない空間の一部になる。タホ川はその中から墨色の流れになって現われ、再び雪の中へ消えていく。

黒い水の絶えまない動きに見入る。沈黙の奥から音を持たぬ声がゆるゆると登ってくる。外から来るものか、自分自身の内に生じたものかはわからぬ。気配だけのその声に耳を澄ます、遙かに遠い木霊のように、わたしに届こうとする。木霊は伝えようとする。レイテ沖の深海に落ちていきながら、見知らぬ父が一瞬目の前に見たもの、三十一才の命が消える寸前脳裡を横切った思い、だが形にならぬまま声の気配は消える。後には虚空だけが残る。これまでも幾度かあった。今回も同じ。

気がつけば、身の凍る寒さだった。

虚空に覗く黒の流れに別れをつげ、坂を登り始めた。

もうタホ川に会うことはないだろう。


廃墟めいたレンガの建物の間を路地は縫い、同じような曲がり角があり、出口を求めて歩き回る。尋ねようにも人はいない。堂々巡りを繰り返すうちに気持ちまで迷路に嵌り込んでいく。ユダヤ人が住んでる筈はないのに、彼らの複雑な精神構造に絡まれていくような気がする。

石畳の真中に猫がいた。優美な横座りの恰好で足音の主をふり向いた。懐かしい気がして声をかけると、さっと消えた。それを皮切りに次から次へ猫の姿が視界に入ってきた。建物の横に、通り道に、空洞になった窓の框に、小さいの大きいのがじっと踞っている。ちょうどその時足音が近づいてグレーの人影が現われた。着古したオーバー、半白髪の髪、寂しい顔立ちの人だった。嵩張った大きな布袋を下げている。猫たちは一時に女の足許に駆け寄った。どれも真剣な目で袋の主を見上げる。女の手が布袋からパン屑、キャットフードやらを掴み出して猫たちにやる。何度も何度も。

彼らのがつがつ食らう音の頭上で驚いているわたしに彼女は言う。

「わたしの足音もやってくる時間もこのネコたち知ってるのよ」

と、レンガ壁の割れ目からかわいい啼き声がして、実に小さな脚が突き出された。ニャオーン、ニャオーン、声に合わせてそれを振る。女は其処にも食べ物を投げ入れた。一箇所だけじゃない。

あっちの隙間からもその向うからも。路上にも方々からやってくる。布袋の嵩はだんだん減り、わたしは女の後をついて回る。

「時々そうやって餌を持ってくるんですか」

彼女に尋ねる。

「毎日、今の時間帯に。一日も欠かさず」

「この近くに住んでるの」

「あっちよ」

と下を指さす。

「此処だけじゃなく、向うの路地にも、その又向うにも。今ではこの辺りは猫の居住区なんです」

「ずい分猫好きなんですね。わたしもそうだけど」

「おお、とんでもない」

大方のスペイン人はそんな事を言う時、目も両手も動かすが、彼女は寂しい顔つきのまま淡々と言った。

「それどころか、この猫たちがごっそり何処かへ引っ越せばいいとどんなに思うことか。うちの乏しい家計では毎日の餌代はバカにならないのよ」

「はあ?」

わたしは小さく言う。腑に落ちない。そんならキャットフードを買うこともないし、此処に来なくてもよいだろうに……。

半白髪の人は続ける。

「でも、みんな神からもらった命を持ってるからね。ほったらかす事はできない。みんな、わたしの餌を必死で待ってるのよ」

そう言いながらも、彼女はフードをばらまいて移動する。あっちでもこっちでも猫たちの痩せた肩ががつがつ動いている。

「そして、あなたは……」

女はわたしの顔に目を止めて尋ねる。

「猫も犬も大好きです。でも野良の群に毎日食べ物持ってくるなんて、思いつきもしない」

その言葉に女の顔はうっすら笑う。

「わたしはこのやり方。どんなに嫌でも止めれば胸が痛んで、逆に苦しくなるから」

彼女は布袋を逆さに振って、猫たちに言った。

「さあ、これで全部おしまい」

わたしは出口のある方向を尋ねた。

「とにかく上へ上へ行きさえすれば何処かへ出るわ。出口といっても幾つかあるから」

それから女は自分の住まいへ向かって下りていった。猫たちも消えた。

雪はもう止んでいた。

寒い路地裏に女の足音を待つネコたちの小さな命、そして見知らぬ神の気配がうっすら入り混じっているのを感じながら、上へ上へと登っていった。

豚祭りは遠くに——ソリアの村で

スペインの母なる川デュエロはソリアの山奥に湧き出す、それから山地を下り、カスティーリャを横切りポルトガルに出て、群青色の大西洋に注ぎ込む。生まれ立ての水が谷間を駆け下り山麓に出た辺りの傾斜地にソリア地方は広がる。石灰質の白っぽい岩層が露出する土地を川は下っていく。流れに沿って狭い耕地が散在し、羊の群は岩だらけの斜面を草を求めて移動する。野に人影はめったになく、沈黙が地を支配する。その上に空は飛切り青く、夕焼けは黙々と燃え、星は強く光る。

ある時は車で、他はバスで何度かこのソリア地方を往き来した。

四月の初めに友人の車でその辺りを旅したことがある。白地の岩山は春日を浴びていたが、野は冬枯れのままだった。地に草が芽吹くのは下の地方よりずっと遅いとのこと。冬が長く耕地に乏しい村の暮らしは厳しく、ソリア人は寡黙で容易に人を信用しないという定評を持つと、スペイン人の友人はわたし達に話した。

その昔、アラブ支配の時代はこの地もキリスト教徒と回教徒の戦闘に晒され、その跡が人知れず点々と残っているという。その一つ、アラブの城がある村に、彼はわたし達を連れていった。

尖った丘の袂で車を下りると、三人は狭い村道を登り始めた。坂沿いの家はどこも閉め切られていたが、二、三枚の洗濯物がぶら下がった軒先や煙を吐く煙突がぽつりぽつりとあった。どこからか茶色の犬が現れ、三人を見ると尾を振って一行に加わった。友人は、ああ、喉が乾いた。ビールの飲めるバルが一軒ぐらい有りそうなもんだと、人気のない寂びれた村を見回した。と、急傾斜の坂の日当たりに人の姿が見えた。戸口に腰かけて登ってくる三人をずっと見守っていた。

互いに挨拶を交わした後、老人は腰かけたまま尋ねた。

「何処からかい」

友人は答えた。

「この大きな人はベルリン、小さい人は日本、わたしはバヤドリード」

「おや、日本の人かい。わたしの息子も日本人と結婚した。今はマドリードだが、いずれは東京に住むんだとさ」

人事みたいな口調で彼は言った。

「ところで」

友人が唐突に尋ねた。

「この村にバルありますか。喉がカラカラなもんで」

「そんな物はない。前は一軒あったが。今じゃ御覧の通りの村だ。お前さんら、アラブの城跡見に来たのかい」

そう言いながら茶色の犬に目を向けた。

「此奴はマルタんとこの犬だな。婆さんも今じゃよぼよぼだが、お前も年とったもんだ。村と同じにな」

話しかけられた犬は白髭の顔を上げてしきりに尾を振った。老人は三人に目を移して言った。

「こいつの主人は豚さばきの名人じゃった。村のだれよりも手際よく奴らをさばいていった」

そうして、憑かれたように話し続けた。

「ここは豚祭りで名の知れた村じゃった。今は聖マルティンの日が来ても豚を切り開く奴はいない。名人たちはとっくにあの世さ。豚も消えた……。

わしの息子が子どもだった頃までは、十一月十一日の聖マルティンの日には方々から人が押しかけたもんだ。祭りじゃった。村の広場には特大の鉄鍋がぐつぐつ煮立ち、切ったばかりの肉片が片っ端から投げ込まれた。あっちでもこっちでもワインがポンポン開けられ、村中が浮き浮きしたもんだ。と、ホセの奴が歌い出す。その声が広場の賑わいを突き抜けて響く。あんな声を持つ奴はめったにいない」

三人はその顔に見入る。聖マルティンが何かわたしにはわからぬが、十一月半ばはどの村でも脂の乗った豚を解体していたというのは聞いたことがある。

「村の男共は血の一滴も失わんように気をつけて、奴らをやっつけていった。肉も腸詰めも寒風に晒して、わしらの冬の食い物じゃった。ここのチョリソもモルシージャも生ハムも何処のより旨かったよ」

そこで口を噤んだ。その沈黙の中を鳥が一羽横切り、下に見える白地の岩山は淡いピンクを帯びていた。

「わしらは、この村から出ていきたくない。何か起これば、それまでさ」

夕方近い岩山を見下ろしながら、彼はそう言った。

「城跡はこの一番上。今は城壁だけだ」

老人は立ち上がり、三人と一匹もその場を離れた。

気がつくと、傍を登る犬がくしゃくしゃのビニール袋をくわえている。おやおや、外してやろうとしたら、大人しい老犬は牙を剥き出してウウーッと怒った。結局、その代物を大切そうに銜えたまま連いてきた。

女物の下着が一つ干された家の前で、犬はひょいと姿を消した。と同時に家の内から老いた怒鳴り声がした。

「ばかだね、お前は。こんな物拾ってきて、何にする気だい」

わたしら三人は顔を見合わせて苦笑した。後生大事に運んできたおみやげだったろうに。

アラブの城跡は丘の頂にあった。赤レンガの城跡が真下の谷からほぼ垂直に立って、眼下に広がる野山を一望していた。アラブ人はそこから敵の侵入を日夜見張っていたという。

長い支配の後十五世紀の終わり、グラナダを最後に回教徒は一部を除いてスペインから追放された。時が経ち城は崩れても赤い城壁は残り続けている。六百年以上もの間風雨に晒され山間の星々の光を浴びて、伝説のような姿になって立っていた。

村の道を引き返している途中、又さっきの犬に会った。わが家の前でしょんぼり寝そべっていた。悲し気な目で三人を見上げたが、もう連いてこようとはしなかった。

修道院の沈黙――ソリアの修道院跡で

真冬、デュエロ川は凍り付く。街も村も寒い沈黙に覆われる。空気は氷の冷たさ、その中に時々乾いた雪片が舞い、修道院や教会の鐘が響き人の暮らしが続く。パンはとても旨いし、丘の斜面を羊の群れが鈴の音と丸い糞を残しながら通り過ぎる。街燈が点れば、他の街同様に人はメインストリートに繰り出して夜の時を共有する。頭から爪先まで分厚い衣服にくるまり、キラキラした目だけ出している小さい子の姿は、まるで歩く人形だ。犬でさえオーバーっぽい物を着せられて、家族と一緒に灯の点る通りを散歩する。

――経済危機が更に悪化したという今年のスペインにはまだ行ってないが、少なくとも去年まではそんな光景はソリアでも見られた。なに、生活を楽しむことが好きな国民だから、金が無けりゃないでお金のかからぬ気晴らしを楽しんでいるだろう。そう願っている。――

バヤドリードからバスで三時間だから、簡単に行ける。冬に三度、秋も一回、一人でそこを訪れた。

村道を歩き、修道院を訪れ、バルでワインを飲み、四度とも同じことをして過ごした。

デュエロ川沿いに一つの古い修道院跡がある。十二世紀のものというが、幾重もの変転を経て今ではだれも住んでいない。だが、ロマネスク、アラブ、ゴシックと各時代の建築様式の刻み込まれた美しい建物なので、文化財の一つになっている。仄暗い内陣の小部屋で黒衣の僧が入場料を受け取る。開けっ放しの入り口から、凍る空気も風の音もデュエロの姿も鳥も遠慮なく入ってくる。わたしは入場料を払うと直ぐ、もう一つの出口から回廊に囲まれた内庭に入る。いい空間だ。回廊とはいっても、残っているのは柱の列だけ。時代によって形状の異なる砂岩の円柱が、空に吹抜けの空間を囲んでいる。アラブ様式の柱の列は、奇妙な恰好の交差で連なる。そこに腰を下ろして、しばらく時を過ごす。

ここの沈黙は更に深い。時々、鳥の声が高らかに響き、今の瞬間を悠久の時に繋ぐ。

一度は子らの声がして、先生に率いられた小学生のグループが入ってきた。先生は子どもたちを地にすわらせて、円柱の様式の違いを話し出した。それに耳を傾けている子、石畳の石を数えている子、訝し気な顔でわたしの方をふり返る子、どれも分厚い上着にマフラーを巻きつけている。子らの頭越しに、柱の間から凍ったデュエロが覗く。

小学生が行ってしまい、再び中庭が空っぽになった時、なんだか寂しくなった。

「ちょっと、セニョーラ」

声がしてふり向くと、受付けの僧が中庭に通じる出口に立っていた。

「其処は寒いでしょう。中に入ってわたしのストーブにお当たりなさい」

と、わたしを呼んだ。

脇の小部屋には小さなストーブが置かれていた。冷えた体に一沫の暖かみが伝わってくる。だが口はうまく動かない。神父さんかどうかはわからぬが、カトリックの僧と話したことはないのでむやみに緊張する。ちらっと見回した机の上に、アントニオ・マチャードの古ぼけた詩集があった。

退屈していたらしい黒衣の男は、入ってきた日本人相手にぽつぽつ喋り出した。修道院の歴史でもなく宗教的なことでもなく、まるで世間話だった。真向かいの岸辺にはかって水車小屋があったことや、ソリアのパンはスペイン一の旨さだとか、その中にやっぱりアントニオ・マチャードが登場した。

「ごらんなさい、向う岸沿いに林へ入っていく道があるでしょう。アントニオ・マチャードの散歩道でした」

七十年以上も前に亡くなった詩人である。

「彼がソリアでフランス語教師をしていたこと、御存知ですよね」

「はい」

「名声にもかかわらず、寂しい生涯でした。此処で結婚したレオノールを若い内に亡くしてから、ずっと一人でした。御存知でしょう」

「はい」

僧はしばらくわたしの言葉を待っていたが、又続けた。

「最後はフランコ政権から追われてフランスへの逃避行中、ピレネーの村で死にました」

詩人は一八七五年セビリアに生れた。太陽の輝く街、気候は陽気でオレンジが至る所に実り花々は咲こう咲こうと時を待ち、大気には生の喜びと期待が脈打っている。だが老いた人や貧しい人がひっそり集える木立の一隅も点々とある街。彼はそこで育った。長じてフランス語教師としてソリアにやってくる。そこでレオノールに出会い恋をし、結婚。だが、その同じ街で愛する若い妻を結核で失う。それからは、まるで何かから逃げるようにスペイン各地を点々と移り住みながら、数々の詩を残した。決して華やかではなく、才気走ってもなく、人の心に沁みるような言葉で。

晩年、フランコ政権に追われ、老いた母親を連れピレネー越えでフランスへの逃亡を図る。過酷な逃避行だった。フランス国境に近い村に辿り着いた日の夕方、急死。六十四才。その時身につけていたオーバーのポケットにつっ込まれていた紙片に、数行のなぐり書きがあった。

「何という青い日々、
太陽の輝き、子どもの頃のような」

老いた母親はその三日後に後を追った。

彼のそんな生涯を語学学校の文学クラスで教わった。数編の詩には読む者の心を打つ悲痛な響きがある。わが心奥の思いを神に訴えかける短い詩、ただ神だけが黙って受け取めてくれるような。ガルシア・ロルカが真夜中に連れ出され人知れず銃殺されたことへの燃える悲しみと怒りの詩。他にも……。

さて、そんな事をわたしのスペイン語でこの僧に言っていいものかどうか。

「はい」「はい」しか言わず話相手にならぬ日本人のセニョーラにうんざりして、僧は黙った。修道院内陣の石の沈黙が二人の人間を隔てる。傷だらけの机の上で、アントニオ・マチャードの詩集は暖かい。

何も伝えられぬまま、お礼を言ってその修道院跡を出た。

詩人の散歩道をわたしも歩いてみよう。そして、彼の詩を通して不朽の存在になったニレの枯木と、レオノールの眠る墓地を訪ねてみよう。

湧き上がる喜び——カテドラルで

十月に訪ねたソリアの街は、至る所、鮮かな黄の色があふれていた。デュエロ川沿いの山に続く道も中央区も。川面は木の葉の黄の流れになって動いている。

頭上は輝くブルー、通りのあちこちにマドリードナンバーの車が止められ、ホテルはどこも満杯だった。一泊二十ユーロの安い宿にやっと空き部屋が見つかった。この時期にはマドリードなどの都会から人が押しかけるとのこと。樹々の色、光と空、それに定評のある旨い食べ物を求めて。

マロニエの黄が頭上に広がるバルのテラスはどこも、ワイン片手に大声で談笑する客でいっぱいだった。あの中で会話するには互いに声張り上げねば聞こえないだろうと、横目で思いながら通り過ぎる。

マロニエの黄の匂いが漂う中央区を通り抜け、カテドラルのある坂道に入った。と、光景は一転して陽の光ばかり、たまに人とすれ違う。

カテドラルの古い建物を見ながら通り過ぎようとした時、その入口前に昼寝中の猫に気がついた。ちょっと御挨拶していきましょうと近寄って声かけた。

「いい天気だねえ」

猫は日溜まりの中で顔だけ上げ、面倒そうにわたしを見た。

猫の背後でカテドラルの重い扉は開けっ放し、外光が内陣の床に眩い金の模様を落としていた。そこから、オルガンの音がした。

ひょいと中に入ったとたん、パイプオルガンの重厚な音響に包まれた。光の射し込む秋色の森に入り込んだような気がした。

弾いているのは僧服でなく、カラフルなセーターの人だった。他にはだれも居なかった。わたしはミサ用の長椅子に腰を下ろした。

静かな調べが続いて、秋たけなわの木立を縫う小道を描き出す。木洩れ陽が地に揺らめき、わたしもゆっくり歩いていく。

と、急に音調が変わって、一陣の突風が来た。樹々の葉がさあっと降りかかり、陽に煌めきながら地に落ちる。その枝の背後に空の青が覗く。

風が去って、また低い美しい調べに戻る。静寂が仄明るい内陣に広がる。森の道はどこまでも伸び、わたしも歩き続ける。道の傍にお地蔵さんが現れた。木洩れ陽を浴びて、瞑った目の線が美しい。立ち止まって丸い頭に手を置けば、森の陽が手の平に伝わってくる。何十年も前に山道で出会った小さな出来事がオルガンの音の中に再現される。

再び音色は高まっていき、カーンと明るい響きになった。胸の内に渾こんと湧く喜びが噴き上がっていくような音が、内陣に満ちる。その中に、何のきっかけもなく、初めて父になった男の後姿が浮かんだ。娘の出生を届けるため、戸籍課に向かっている。抑え切れぬ喜びが後姿ににじみ出る。それを目で追う娘にも、彼の深い思いが伝わってくる。

見知らぬ若い父と、老いかけた娘の心を、オルガンの音が一瞬結び付けた。

――数十年前、戸籍とう本の出生届け欄に父の名を見た時わたしは驚いた。出生地は母の実家の住所だった。それでは父は生まれたばかりのわたしを見たのだ。仕事柄一年のほとんどを海上に居たと聞いていたが、わたしが生まれた時、側に居たんだ、その事実を、紙片を通して初めて知った。何十年も前のこと。だがあの時は、父になった人の喜びには思い至らなかった。

その後に生まれた弟の出生届けは、住所はやっぱり母の里だが、当時中学生だった従兄の名になっている。

父の魂はもう既に海の底に沈んでいたから。――

パイプオルガンの音の中で、父の喜びがわたしにも伝わってくる。

音調は次第に静まっていく。やわらかく低い音が続いて、それから止まった。

唯一の聞き手だったわたしは、こちらを見下ろしたオルガン奏者に一礼した。カラフルなセーターの人は片手を上げて応えた。

パイプオルガンの音色と父の喜びに包まれたまま、カテドラルを出た。猫はもう居なかった。入るときは気がつかなかったが、入口の脇に貼り紙があった。

「オルガン演奏会、夜八時」それにオルガン奏者の名も書かれていた。

宿の奥さんにその事を話したら、彼女は言った。

「今夜の演奏会に備えてリハーサルしてたんでしょう。有名なオルガン奏者です」

翌朝早いバスでソリアを発ち、バヤドリードに戻った。バスの中でもずっと一瞬のあの出会いが耳許に鳴っていた。

石の街で

1

トランクから辞書と本を取り出して備え付けの本棚に置いた時、鐘の音が始まった。乾いてきれいな音色だった。四階にあるピソからは教会の鐘楼は見えなかったが、すぐ間近で鳴っていた。音の背後で空はバラ色に染まり白い三日月が沈みかけていた。午後六時、遠くの方でも同じ音が湧き上がるように始まった。

昼のバスでマドリードを発ち、午後この街に着いた。これから五ヶ月間スペイン語を教える小さな学校に通いながら住むことになるピソは、家具付き、安物の本棚とソファも置かれていた。

カスティージャ地方の中央に位置するカトリックの街、アパートはその一隅にあった。

トランクに入れてきた母の写真も本棚に置いた。白いタウンシューズに白いスカート、黒っぽいジャケットを着て、カメラに笑いかけていた。右手にステッキを持っていたが、まだ元気な頃のものだった。わたしの母がこんなに穏やかな表情を持っていたことに、ふっと興味を引かれた。

「今日午後、お母さんを同じ経営の老人病院に入院させました。軽い肺炎を起こしていたので」

一昨年の十月、夜、特別養護老人ホームから電話があり、すぐ病院に向かった。気が動顛しているのを覚えて、何度も深呼吸しながら運転した。

夜の老人病院は、灯だけが明るい無音の建物だった。母のベッドはナースセンター続きの個室にあった。白い壁に囲まれた仄暗い部屋に、母の顔が見えた。すべてが白の寝具にくるまれて、目を瞑っていた。置き去りにされた雰囲気だった、誰からも、娘のわたしからさえ…。だが母はもうそれを知覚する能力を持っていなかった。

「お母さん」耳許で呼ぶと、目を開いた。

瞳がわたしに向けられた瞬間、顔にかすかな笑みが表れた、思いがけなかった。

意識が澄んだ瞬間、母は時々そんな笑みを見せた。わたしの存在を知覚し、混濁した意識の中にぽっと喜びが点った刹那の笑みだった。

そしてまた、目を瞑った。その後は目を開けることもなく、七日経って同じベッドで亡くなった。

本棚に置いた写真の笑顔を見ながら、あの時の笑みを考えた。母が残したもののうち、最も美しく悲しいものになっていた。

気がつくとテラスの向うは薄闇で、空は濃紺色に変わっていた。小さな中庭を挟んだ向いのピソにぽっと灯が点った。カーテン越しに見える灯は、三つ四つと増えていった。わたしも灯を点し、カーテンを閉めた。

計十五時間のフライトに疲れきって、買物に出る気になれず、細長い箱のようなキッチンに立つ気力もなく、マドリードのバスの駅で買ったサンドイッチを食べて過ごした。

それからまた、どこかで教会の鐘が鳴り、外の廊下を擦れ違う挨拶の声が、「ブェナス・ノーチェ」と夜のものに変わった。

真上のピソで、足音が始まった。

固い足音が、一つ一つはっきり聞こえた。わたしの居る部屋の天井の上をあっちに向かったりこっちに来たりしながら、ずっと続いた。これから五ヶ月間、この足音に付き合わねばならないんだなと思った。

足音が止むと、いきなりバッハの「トッカータとフーガ」出出しの音がワーンと下まで響いてきた。その音楽が続いている最中に、猫のやわらかい鳴声が一度だけニャーンと言った。

生活の音も会話の声もしなかった。

2

曇った空と黒い岩床の間に、海が見えた。墨色の海が、透き通る深味を湛えてわたしの目の前に広がった。

岩に腰を下ろして、持ってきたラジオのスイッチを入れた。さっきこの海辺の温泉に来る途中、電機店に寄って買ったものだった。

昼過ぎ、わたしたちは海沿いの宿に着いた。母とその姉になる伯母、二人とも老いて常にわたしの介添えが要った。母の追い求めるような視線を振り切って、三人一緒の部屋からこの海岸に逃げてきたのだった。

ＦＭは、バッハの「トッカータとフーガ」を流していた。海を見ながら、それを聞いた。岩の冷たく固い感触と、海に向かい合った一人の空間で、気持ちは際限もなく広がった。だが、頭の一隅に絶えず、置き去りにしてきた母と伯母の存在が付き纏っていた。その小さな一点が、自由に広がろうとする気持ちをじっと見つめていた。

目の前の海は、動かなかった。透き通る深い黒、ずっと前、雪の日の琵琶湖で見たあの湖水の色、永遠に動かないような色、どこにも動きが無かった。岩も海もその上の雲も不動だった。ＦＭのバッハだけが、岩床の上を飛び交った。

何もかも切り離して、どこかに逃げていきたかった。

母たちの居る部屋には、もう灯が点っていた。障子を開けると、床に軽がって物のように見える母の姿が目に飛び込んだ。動ける筈のない伯母が居ない、部屋の隅にもいない、わたしの胸は早鐘になった。

母は何も言わず、目だけ上げてじっとわたしを見た。

「おばさんが居ない。おばさんは……どこ」

尋ねながら気がついた。母の背の後ろに、小さく縮まった伯母の姿が有った。干涸びた顔の中から、二つの目がわたしを見ていた。見知らぬ怖い物を見る目つきで、じっとわたしを見上げていた。

「あんたが居なかった間に、姉さんは萎んでしまった」

言っている間に母の姿も薄れ、声だけが明瞭に聞こえた。強い怒りを抑えた語調だった。

わたしはボール程に縮んだ体を両手で揺すって叫んだ。

「おばさん、元に戻ってよ、もう側を離れないから元に戻ってよ、おばさんてばー」

夢中になって揺すり続けた。

小さく萎びた顔は泣き出す寸前になって、母にしがみついた。干涸らびた指が鋭角に曲がって、母の背の辺りを握った。

「あんたの姿が見えなくなると、おばさんの生気は抜けていった。自分一人楽しんでいた間に…。あんたの所為だ」

言葉はぎらつく光になった。

「あんたの所為だ」

「あんたの所為だ」

母の意識は混濁に覆われ、頭はこわれた機械になってその言葉を言い続けた。

「いい加減にしてえー」

わたしの中から迸り出た金切り声は、内部の怒りに火をつけた。乱暴に立ち上がると、

「勝手にするがいい、わたしはもう知らないから」

と言い捨てて、部屋を出ようとした。と、床に転がって消えかけている母の両手が、わたしの足にしがみついた。瘦せた指がふくらはぎに喰い込んだ。

不意にわたしは憎悪と残忍の塊になった。目の前に感じる母の脆く暖かい体を、力任せに踏み付けようとした。

目が覚めたのは、その瞬間だった。右足には、母の体を踏みつける寸前の憎悪が残っていた。自分自身が不気味な塊に見えた。

時計を見た時、ここはわが家ではなく、スペインの中部の古い街、その一隅にあるアパートの四階に居ることに気がついた。四時だった。

テラスの窓を開けると、寝静まった石の建物の上にオリオン座が大きく掛かっていた。海抜七百メートルに近い土地の闇の中で、星々は山の中で見るように強い光を放っていた。ベッドに戻りたくはなかった。何か美しいものと接していたかった。

普段の日々には姿を表さぬ自分の潜在意識を突きつけられて、恐ろしかった。

スペインに着いたばかりの夜、その夢、偶然というより何かを暗示していた。その中で剝き出しにされた互いの憎しみは、星空の下で鋭い悲しみに変わって胸に喰い込んだ。

仄暗い照明の白い個室で見たあの笑みと、足に隠ったあの憎しみは、どちらもわたしが母に抱き続けている分裂した思いを象徴するものであった。憎しみは、母のものではなかった。

母が居なくなり、様々な軛から解き放たれた今も、それは胸に突き刺さったまま、解消などしていなかった。次第に痛恨に変わりながら、表れては消え、消えては表れた。

飛行機が成田を離陸した時から覚えていた軽やかな開放感は、夜中の夢で逆転した。

これにはきっと、目を外らしてはならない強い要因が働いているからだろうと、硬い光を放つオリオン座の星から目を離さず、そう考えた。

3

「わたしはこの街の冬が好き」

今年の五月六月を同じ街の語学学校で学んだ時、スペイン人のアリーシアが言った。

「空気の芯まで冷えこむけど、雪は降らない。代わりに霧。毎朝、街に掛かる。それが消えるにつれて、透き通るような青の色と光が表れるの。空気は昼間だってひりひり冷たい。それでも街の人は厚いマフラーに首を埋めて、広場やカジェに集まってくるわ。春や夏と同じようにね。子どもも年寄りも、大人も若者も犬も…。何をしにかって？ スペイン人はバルや広場に集まってお喋りするのが大好きだからね。生活に欠かせないもの」

聞きながら想像したものだった。透き通るように青いという冬の空と冷たく澄んだ光、寒さに身を縮めながらなんとなく広場に集まってくる人たちを。ほんのちょっとした外出にも決して普段着ではなく完璧に装い、たとえ一歩歩くのに二本のステッキが要ってもぴかぴかに磨いた靴で通りに表れる人たち、そして一人前の顔で彼らと一緒に歩く犬たち、乳母車の中で寝入る赤んぼう…。

朝、ピソを出て初日のクラスに行く途中、アリーシアが言ったことを思い出した。十月下旬、まもなくその初冬がやってくる…。

サンタ・クルース宮殿に近づくにつれて。霧が濃くなった。サーサーと走るのではなく、静かに浮遊しながら辺りを仄暗く覆っていた。人の影がその中を黒いシルエットになって、ゆっくり横切っていった。

宮殿前の広場には、まだ街灯が点されたままだった。明りは淡いバラ色の球になって、ふわふわと霧の中に浮かんでいた。その下を黒い影が動き回り、近づくと、広場に溜まった前夜の落葉をかき集めている掃除夫だった。熊手の下で落葉の色も霧をかぶって滲んだ黄や赤に見えた。

サンタ・クルース広場を横切ると、道沿いに大学の古い建物があって、どの教室も灯を点していた。霧の中から表れた黒い人影は、擦れ違った瞬間に本を片手に厚いセーターを着た学生の姿になり、ここがヨーロッパの一隅の街である事を強く意識させた。

カテドラルの角を曲がると、不意に霧が切れて、石の街の狭い通りと青い空が表れた。きのうまでの日常がくるりと回転して、目の前に異なる世界が開いたような気がした。

去年も春から初夏にかけての三ヶ月間を過ごした小さな語学学校は、十六世紀半ばに建設されたという旧市街の中心地区にある。五百年以上を経た石の建物が並ぶ路地の一角、かつては個人の住まいだった二階のピソが教室になっていた。各国から来ている十数人の若者たちが、そこで三つか四つのクラスに分かれてスペイン語を学んでいた。時々その中にひょいと、わたしのような年配者や仕事を引退した人たちが紛れ込み、彼らと一緒に勉強した。

わたしはイスラエル人のソア、ブラジル人のタチャーナ、日本人の政樹、アメリカ人のエミリーのクラスに編成された。

若者たちは、明確な目的を持ってそこで学んでいた。仕事に必要だから、スペイン語の検定試験に合格するため、将来スペイン語の通訳になりたいから…、プロフェソールのホシートが十二名の学生たちにその目的を尋ねた時、彼らは即座に答えた。彼らの二倍半の年齢を持つわたしは、答えるのに戸惑った。スペイン語の勉強の他に、誰ともしがらみを切ってしばらく無重力状態でくらしたいという強い思いがあった。だが日本とは異なる生活や文化とも知り合いになりたいから、スペイン語を勉強したいと前もっておさらいしていた事を答えた。

「時々ここには仕事を引退した年配者たちが来るが、たいてい同じ事を言う」

ホシートは軽く受け流し、わたしは目を瞬いた。どこにも通用する尤もらしい理由を見透かされたのが、ちょっと恥ずかしかったから。

スペインに渡る前、二十年来の友人がさり気なく言ったことばをそのときふっと思い出した。

「しばらく日本を離れたいという気持ちの中には、全く違う土地で自分を見直してみたいという動機が働いていているんじゃないかな。お母さんとの拘わりを見直すことでもあるんだよね。だって、それは根源的なものでしょう。そう見えるな。

それにしても、贅沢なやり方だこと、仕事をやめていたからこそ、出来ることだよね」

それはもう一つの隠れた動機をやわらかく照らし出した。

子どもの時から母に抱いていた深く屈折した思いは、四十代になっても五十を越えても塊のままだった。解消しないまま、次第に老いていく母と向き合っていた。母も変わらなかった。年の功など足蹴にして、自分のやりたいようにやり、プライド強く、わが娘はあいかわらず自分の一部であった。意識の混濁が進んでいく過程も母は母のままであり、わたしの屈折した思いも変わらなかった。不安のまっ只中に投げ出された母を、優しく暖かい言動で支えることができなかった。わたしも一緒に狂いかけた。

母の痴呆が進行し、特別養護老人ホームに入所した後の時期、そこで初めてわたしは母を素直な気持ちでみることができた。母はいたいけな子どもになって、わたしを待っていた。

だが、混濁した意識がきれいに澄む一瞬があった。刹那だった。そんな一瞬に母は言った。

「こんなにボロボロになっても、アンタだけはお母さんに付き合ってくれるんだね」

ドライブに連れ出した時、助手席で言われたことばだった。運転しながら何か応えようとしたが、胸が詰まって言葉が出なかった。痴呆に捉えられた人間の持つ不可思議さに打たれ、同時になぜか自分の罪の深さに戦いた。何もかも投げ出して、ワッと泣き出したかった。母に許しを請いたかった。だが顔をまっすぐに向けたまま、運転を続けた。

次の瞬間、助手席の母は「お正月」の歌を歌い始めた。機嫌がいい時、或いは体の機能もことばもどんどん失っていった時期、突然この文部省唱歌が飛び出した。母の子ども時代、一年で一番楽しかった時の浮き浮きした気分が、その胴間声の歌に映し出された。

不意に毛の生えた大きな手が目の前でひらひらして、わたしは教室の時間に戻った。

ホシートは手を引っ込めて、

「いったい何を見ているんだ」とわたしの顔を覗き込んだ。

ちょうど、イスラエル人のソアが話し始めていた。イスラエルのキブツで生まれ、そこで育ったこの二十九才の女性は、片言のスペイン語に英語を混じえながら言った。

「いろんな人間と知り合いになりたくて、一ヶ月前からここで勉強している」

他の学生たちの言った事と少し違っていたので、興味を引かれた。もちろんキブツには様々な国から人が集まってくるけど、そんなのと全く異なる雰囲気の人間を知ってみたい、「宗教や思想に捉われていない人間」と英語でつけ加えた。言葉を捜して唇を噤む時に見せる表情の真剣さに、心を引かれた。

最後に話したのは、ブラジルから来ている十九才のタチャーナだった。

「わたしはそんな目的じゃなく、パパやママから離れて自由に遊びたかったの。それでスペイン語を勉強するという口実で、ここに来た。スペイン人の恋人をもう一人見つけたんだ。でも、パパがいつも電話してくるわ。その度に、『タチャーナ、もう大人の年齢なんだから、考えて行動しなさい』とかならず言う」

彼女は、自宅のあるリオの大学で法律を勉強していると、わたしに自己紹介した。

胸とお尻がキュンと突き出て、ふっくらした唇と空色の目を持っていた。彼女の話すスペイン語は、ブルースのけだるい歌のようにやわらかく響いた。

次の時間は、それぞれのクラスに分かれて文法や会話の勉強があることになっていた。どの教室も、狭い路地を挟んだ真向いのピソに面していた。開き戸の窓から、ピソ毎に干された洗濯物が秋の日をいっぱいに浴びているのが見えた。この古い街の前と同じ教室で再び勉強できるのが、夢のように思えた。微風に動めく洗濯物を見ながら、胸の底から軽やかな幸せがふつふつと湧き上がるのを感じた。しがらみや頸木から、魂が解き放たれた。

4

古い教会があっちにもこっちにもある街は、どこも晩秋の最中だった。旧市街のあちこちで、マロニエやプラタナスの黄が際立って見えた。マロニエは燃える炎の黄を、プラタナスは重々しい古金の色を、黙々と周囲に放っていた。アリーシアの言葉通り、空は青く冴えているのに、風と空気は昼間でも凍てた。その硬い冷たさには、長い歴史を経てきた石の街の感触が混じっていた。二度とは経験できぬかもしれないスペインの古都の秋を味わおうと、わたしは当てなく歩き回った。

午後二時、街はぴたりと鎧戸を下ろして昼食と午睡の時間帯に入り、通りから人の姿が消える。ほぼ街中の人はわが家に帰り、家族と一緒に過ごす。今でもその習慣は頑固に守られている。小学校の門にも二重の鍵が掛けられていた。

街がゆったり午睡しているその時間帯に、空っぽの広場や通りを歩いていると、時々ソアに会った。いつも黒いオーバーを着て見事な金髪を肩に垂らした彼女も、所在無げな恰好で歩いていた。今の時間帯は日本と同様に彼女の住むキブツも仕事の真っ最中だという。ホスト・ファミリーと昼食を終えた後、昼寝をする気にはとてもなれず、さりとて日の入らぬ狭い部屋ではする事がなく、歩くより他に仕様がないんだと言った。

本屋も鍵、美術館も教会も鍵、人影の無い通りは夢の中に出てくる街のようにがらんどうで、寒い風が吹き抜けた。

そんな光景の中に、空の青とマロニエの黄が強い色調を放っていた。

これもカトリックの街が持つ一つの顔だった。

五時近くなると、人の姿がぼつぼつ通りに戻ってくる。店がいっせいに鎧戸を上げ、官公庁も学校も鍵を開ける。

街の街灯が一斉に点ると、擦れ違う人の挨拶は「ブェナス・タルデ」から「ブェナス・ノーチェ」に変わった。街灯の灯は豊潤な橙色の光になって、寒い夜を照らした。その下では焼栗屋が露店を開き、小枝を燃やす煙の匂いや、栗の焼ける匂いを周りに漂わせた。昼と夜が入れ代わったその時間帯には、平日であろうと週末であろうといたる所から人が表れ、広場や通りに集まった。そんな時間に一人で部屋に居るのは惜しい気がして、わたしもその中に出かけていった。

乳母車を中心にした家族と犬、長いオーバーに身を包んで覚つかぬ足取で歩く老人、小さな紳士淑女みたいに着飾らせられた子どもたち、凍てつく夜の中を皮ジャンはだけて素敵なTシャツを覗かせた若者たち、若いのも年寄りも、一人者の日本人も子どもも犬も家族も、意気盛んな者たちだけに占領されず、あらゆる階層の人間が集まってきた。

乳母車の奥には、何枚ものふわふわした掛け物に包まれた赤ん坊がたいていは眠っていた。擦れ違う時、人間というより得も言われぬ美しい生き物のような寝顔がちらっと見えた。乳母車と一緒に歩きながら、家族たちはひっきり無しに代わるがわる話し続けた。どんなに話好きな国民とはいえ、毎日顔つき合わせて暮らしているのに、いったい何をそんなに話す事があるのだろうと、度々感心したものだった。

ある時ふと目の合った小さな女の子は、水色のリボンを髪に置き、淡い水色のオーバーに青い靴という完璧なレディーの服装をしていた。片方の手は話に夢中な父親の手にしっかり握られたまま、なぜかその子はわたしにニコッと笑いかけた。おかげでその夜はずっと暖かい気分に包まれていた。

賑やかな人群の間に、時々老いた一人者が表れた。笑うことも話すこともなく顔にこびりついた固い表情のまま、杖と一緒に一歩一歩足を進めていった。街の習慣に従って、旧式の帽子に磨いた靴の装いだった。

その光景には、この土地を流れる太くゆったりした時間が映し出された。ちっとも観光地ではない古い街の、頑固な風習と人間の気質が滲み出ていた。人は、そして飼主と一緒の犬も、それぞれのやり方で、寒い夜を楽しもうとしていた。

通りの辻には時々、旅の大道芸人やバイオリン弾き、フルート奏者が立った。鬚もじゃの男が体をくねらせながらフルートを吹いていることもあったし、蓬髪の老人がバイオリンを弾いていることもあった。たいていその足許には古ぼけた楽器ケースやザックに寄り添って犬が寝そべっていた。目の前に置かれたブリキ缶にコインが投げ込まれる度、犬はちらっと目だけ上げた。たまに…だった。立ち止まって耳を傾ける人は、あまり居なかった。

だが、寂しい時に聞く辻の独奏は胸に沁みた。

ある夜、人混みを縫ってバイオリンの音色が聞こえてきた。道の傍で破れた帽子の男が、自分の奏でる曲に聞き入りながら弾いていた。立ち止まって耳を傾けていると、まるで自分の魂が地平線に燃える夕映えに向かって、暮れてくれていく野を歩いているような気がした。夕映えは不意に濃く燃え、すうっと弱まりそれからまた強い紅に輝いた。いつまでも消えなかった。

弾き終わると男は、バイオリンを大事にケースに納め、集まったコインをポケットに入れて、自分と同じように薄汚れた犬と一緒に立ち去った。

尻尾を振りながら遠去かっていく犬の白いお尻を見送りながら、ずっと聞いていたのにコインを入れるのを忘れた事に気がついた。

5

教会に午後の日が射していた。木の扉には錆びた錠前が掛けてあった。錠前も扉も斜めになった光の中で仄かに温もっていた。そこの祭壇画を見に来たわたしたちは、

「お坊さんもシエスタ中だ」と言いながら、正面のベンチに腰を下ろした。

午後四時、街中がわが家で寛いでいる時間だった。冷たくきれいな初冬の午後、教会前広場のマロニエはほぼ葉を落とし、残った葉群が斜めの光を透かして黄に輝いていた。犬と若者が通った後、広場はしばらく空っぽになった。ベンチにじっとしていると、石の冷たさが体に這い登ってきた。

「帰ろうか、寒い」と言った時、広場の端に黒っぽい人影が表れた。棒のように痩せた白髪の女だった。マロニエの木の下を横切ってふわふわと近づいてきた時、その異常な雰囲気がはっきり見えた。寒い午後なのにセーター一枚、素足にはじかに黒い靴をはいていた。

「何を見てるんだろうね、あの人、なんて不安な目だろう、あたしまで不安な気がする」ソアが言った。

「うん」老女の表情に母の姿が重なった。意識が混迷しかけていた時期、母はそんな目で家を飛び出した。そして、何かを捜し回った。虚空の一点だけに据えられて、周りの何も見てない目、そんな目で、真夜中の街灯の下を、住宅街の昼間の道を、雨の中を、母の目には見覚えのない混沌とした空間を歩き回った。側でソアが言っていた。

「見て、カーディガンの着方ちぐはぐ、スカート何枚も重ねてる、あたしのおばあちゃんみたいに」

わたし達のすぐ前を通り過ぎようとした時、ソアは声を掛けた。

「こんにちは」

ふり向かなかった。「こんにちは」と挨拶も返さなかった。ソアの声も二人の姿も見えてなかった。それから彼女の体は引かれるように教会の入口へ向きを変えた。扉を開けようとした。二度三度、力任せに引っ張った。だが開かなかった。

彼女は再び歩き出した。そしてふわふわした足取で広場から出ていった。

「教会へ入れなくて、今度はどこへ行くんだろう、大丈夫かな」

「そうね」上の空で言いながら、わたしは目の前に母の後姿を見ていた。カンカン照りの住宅地を帽子も被らず彷徨っていた。

「どこに行ったろうか、あれはどこに行ったろうか、無い、どこにも無い」

曲がり角で母の姿を見つけた時、そう呟いていた。帽子を被った小さな女の子が二人、まじまじとその顔を見上げながら前を通っていった。朝わたしが着せた夏服の前ははだけて、萎びた胸が露わになっていた。

「お母さん、もう家に帰ろう」それだけ言うのがせいいっぱいだった。母の手を取って引っぱった。ところが母は、

「はい、帰ろうね」とても素直に言った、子どものように。わたしは一言も物が言えず、黙ってその手を握って歩いた。母も黙ってついてきた。

「あたしの祖母は、痴呆が始まってるの。あの人もそう見える」

「ソアのおばあさん？」

その言葉で、初めてソアに目を向けた。

「そう、父方の祖母、同じキブツに一人で住んでるの。とても小さな人で、あなたよりもっと小さいくらい、いつもキブツをうろうろして、人の家に入っていくの」

「そんな状態で、一人で住めるの」

「その点ではキブツは心配ない。協力体制に支えられた共同体だから。それに、おばあちゃんには神がいるから」

「ユダヤ教の神さま」

「そう、おばあちゃんの神さま」

思いがけない言葉だった、神の事など、浮かんだ事もなかったから。

母親の胎内に居る時から信仰に包まれて生きてきた人たちは、わが世界が次第に崩壊していくの

を意識できる苦しい時期にも、どこかに神さまの支えを感じられるのだろうか。周りに人が居ても、「誰も居ない、だあれも居ない」と呟いている寒々とした時期も、おばあちゃんの神さまは時折、ふわっとやわらかい光を投げかけてくれるのだろうか。

神とキブツに取り囲まれながら呆けていく小さなおばあちゃんの姿は、なんだかおおらかに思えた。

母は、そうではなかった。

「わたしの母も一人で暮らしていたけど、八十半ばから痴呆が始まってどんどん進行していったの。一人で。支えも何もなく一人で。周りは見覚えのない冷え冷えとした虚空、不安と恐怖に取り付かれながら、たった一人で、出口のないその世界を堂々巡りしてたにちがいない、きっと…。恐かったろう…」

「待って、待って。日本語を混じえないでよ。途中でわからなくなったけど、でも、あなたが居たんでしょう、側に」

「居た。だけど母を支えることができなかった。母の家から遠い村で働いていたので、普段は家政婦さん、週末はわたし、交代で看てました。でもわたしはいつも仕事と時間に追われ、母のやり方にゆったり合わせることができなかったの。弟の家族は外国住まい。母は恐かったろうと、今になってそう感じる」

「信仰は？」

「母のこと？　名ばかりの仏教徒。大方の日本人のように、母は神の存在を信じるような人ではなかった」

そう応えながら、ふっと思い出した。暗闇の奥から、自分の名を呼ぶ優しい声がした時のことを。「なんとも言えない優しい声だった」目を見張ってわたしにそのことを告げた母は、見た事もないような柔和な表情になった。

「ふしぎな病気だなと思う、痴呆につき合っていると」

「でも、日本人の老いって寂しいんだね」

不意を突かれた気がして、わたしは思わずソアを凝視した。

「どうして」

「あなたの話聞いてて、そう思った。キブツとは、どこか違う。あたしのおばあちゃん、真夏のお昼間にスカート何枚も重ねてすまして人の家に入り込むけど、迎えに行くとかわいい顔してきょとんとしてるの。年を取った妖精みたいにね」

目の前にその姿が浮かんで、わたしは笑い出した。

ソアとわたしでは、わが肉親を通した痴呆の受け止め方が違っていた。ソアは軽やかに、まるで人間の自然な過程のように。わたしは自分自身の深層にまで喰い込むほど深刻に。

6

ソアとの会話は、あの当時の日々を呼び戻した。

わたしは村の小学校で働いていた。平日は遠い村の自分の家で、週末は街の母の家でのくらしを続け、母に四六時中の介護が必要になってからも同じ形態を選んだ。考えた末、それを選んだ。学校での仕事を終え、家に着くのはいつも夜だった。車から下りるとたいてい、真暗な家の中に電話の音がしていた。多分、昼間もその音は空っぽの家に鳴り続けていた。

いつもの事だった。のろのろと玄関を開け、水を飲んで気を落ち着けた後で受話器を取った。

「ア、智子、あんたの家の番号、何番なの」

「今、お母さん掛けてるでしょう。そこよ」

「でも忘れたから教えて、メモするから」

そこで、わたしは数字を言う。母がメモしている隙に受話器を置く、五分も経たぬうちにまた、

「もしもし、智子、あんたの家の番号何番なの」が来る、夜も続く。途中で、

「もう同じ事で電話しないでね。学校の仕事がいっぱいあるんだからね、わたしには」

語調荒く言い、ガシャンと受話器を置く。その剣幕に恐れをなして、電話はしばらく鳴りを潜める。だが、また、始まる。

夜遅く家政婦さんの声が、

「やっとお眠りになりました。さっきまでどこに行っただろうか、あれはどこに行ったろうかて訳のわからん事言いながら、押入れを掻きまわしておられました。部屋中散らかして、わたしも、もうくたくたです」

「すみません」それで、電話は静まった。

だが、眠った後の夢の中にも電話の音が表れた。

度々、

「わたしはもう手がつけられません。痴呆の方を随分看護してまいりましたが、こんな人は初めてです」家政婦さんの興奮した声が届き、夜中の道に車を飛ばせた。帰り着いてみると、疲れ切った母は子どもの寝顔で眠っていた。茶碗を投げつけた欠けらや冷蔵庫の中味に粉々に破いた新聞などが床に散らばって、母の癇癪の凄まじさを見せつけた。

雨の真夜中、家政婦さんと一緒に、居なくなった母を捜し回った事があった。外燈の下に朦朧と立っている姿を見つけた時、母はちゃんと傘をさしてレインコートまで身につけていた。ずぶ濡れになり、髪ふり乱して興奮しているのは、わたし達の方だった。

それが平日。

週末、母の表情はいつも自分の傍に居る娘の存在に安心して、穏やかだった。機嫌よく食事し、

「智子の作ったものは、みんなおいしい」

と、お世辞まで添えた。夕方は一緒に散歩しながら、一軒一軒庭を覗き込んでは
「まあ、うちにもこんな花があればいいね。智子、あした一緒に植えようね」

「なんてかわいい犬。あした智子と一緒に、デパートに買いにいこうね」

と、わたしに同意を求めた。

「智子と一緒に」わたしが側に居る時、彼女はきっとその言葉をつけ加えた。そして、いつも自分の見える範囲内に娘を置いておこうとした。

ところがわたしは忙しかった。週末に片付けねばならぬレポートや書類を、ごっそり持ち帰っていた。それ以上に好きな本を読みたかった。そんな時間を確保するために、わたしは母を追い立てた。急いでお風呂に入れ、早くベッドに入らせようとした。

「早く、早く、わたしは忙しい」「とにかく早くして」

そこで生じる小さな歪みは、母の精神状態に大きな鍔を入れた。元来プライドの強い人だったから、人から強制されると機嫌を損ねやすかった。そしてパニック、一たびパニックが起こると、喰いとめようなくエスカレートした。相方ともにくたくたに疲れ母は娘を罵り最後は疲れ果ててごろりと畳に転がり、そのまま眠った。

週末の夜がパニックになる事が、度々あった。

母の家のいたる所に、わたしの電話番号が転がっていた。電話台の前の壁には黒のマジックで、カレンダーの余白にも、痴呆に捕われる前まで母が和歌を書き溜めていたノートの後半分にも、びっしり三五・四五六一が並んでいた。空間のいたる所に刻み込まれたその数字が、真夜中のわたしの夢にまで出てくるんだという気がした。

ソアと別れて、人の数がぼつぼつ増えてきた通りを歩きながら、しきりにその電話番号のことが思われた。

娘の実在は、母にとっては自分自身を確かめるものであった。電話番号が消えたら、その繫りも自分自身も紛失してしまう、その危機感が絶えず母を脅していた。電話の向うに娘の声を聞くと安心して、また番号を確めた。

子どもの頃から決して心を開こうとしなかった娘を、なぜ母は必死で求めようとしていたのか。当時、外国住まいだったとは言え、よりかわいがっていた弟ではなく…。

その時、今まで気がつかなかったある思いに打たれて、わたしは足を止めた。狭い路地。誰かが背後からぶつかって、「ペルドン」と謝りながら横をすり抜けた。

母は自分の命が果てる前に、そんな娘と和解したかったのだ。混濁した意識の中に、その願いが多分無意識の形で、強く働いていた。そして娘の素直な愛情をむしょうに求めていたのだ。

目の前のサンタ・クルース広場で、街灯がいっせいに点るのを見ながら、涙をのみこみ唾を飲み込んだ。チョコチョコ歩いてきた胴の長い犬が、ひょいと立ち止まってわたしを見上げた。そのとたん、抑えようもなく涙が湧き出した。ヒューッ、口笛の音で、犬は踵を返して走り去った。

薄明りの残る広場に点った街灯は、まだ淡いバラ色をしていた。大きなマフラーを頭と肩に巻きつけて、ベンチの一つに腰かけた。

週末、夜九時にはベッドに入らせられた母は、キッチンのテーブルで仕事を広げている娘をひっきりなしに呼んだ。

「智子さーん、トモコー」隣りの家まで突き抜けていきそうな声だった。

眠るまで、それはくり返し続いた。初めはその度にベッドに行き、次は知らん顔、それから怒り出した。ともかく母は、娘の姿が目の前に表れるまで呼び続けた。枕元に立つと、「ああ、よかった。居ったんだねえ」といい笑顔になった。だが、表れる娘の顔はだんだん険しくなっていき、ついには言い放った。

「お母さん、用が無いなら、もう呼ばないでね。学校の仕事がいっぱいあるんだから」

「はい、もう呼ばないね」母は子どものように答え、再び仕事に掛かったとたん、また呼び始めた。

無視して仕事を続けていると、呼び声は、「助けてえ、誰か助けてえ」という悲鳴に変わった。

ある夜更け、寝入った母のベッドから、「お母ちゃん」という静かな声がして、わたしは飛び上がる程驚いた。

母は、とても穏やかな顔をわたしに向けた。

「まあ、智子だったの。今ね、ああ優しい声が聞きたいなあて一生けん命思いよったら、母ちゃんの声がしたの。『マサコ、マサコ』て二回あたしの名を呼んだよ。なんとも言えない優しい声だった」

「よかったねえ、お母さん。よかったねえ」わたしは心底からそう思って言った。あの時母の顔は常夜灯の仄明かりの下で、不思議な程美しかった。

あれは母の必死な願いが呼び寄せた、それとも母自身の心の内に湧いた救いだった。ソアと話している時チラッと感じたのは、その事だった。

その出来事があってから、わたしは自分の行動を後悔した。だが日が経つにつれ又元通りの「早く早く、わたしは忙しい」に逆戻りした。

そのような状態でどんどん痴呆の進行していった母は、次第に電話のかけ方もわからなくなり、それから特別養護老人ホームに入った。

サンタ・クルース広場の街灯は、点り始めのバラ色から橙色に変わり、でかいマフラーに身をくるんだ老人やら家族連れが寒い夜の散歩に集まっていた。石のベンチにじっとしてると、体は芯から冷えてきた。

7

ブラジルとドイツの二つの国籍を持つタチャーナが、クラスに家族の写真を持ってきた。建築家だという母親と弁護士をしている父親が、豪壮な邸宅を背景にした庭で二匹の犬と一緒に立っていた。各々ドイツ、イギリス、ブラジルの大学で学んでいるという三人の兄たち、一隅に二人の使用人（タチャーナのそっけない言葉によると）、あの二匹の犬、タチャーナも一緒、家族がサロンに集まっている写真もあった。スペインに発つ前に、帰省中の兄たちと一緒に撮ったものだと言った。タチャーナは知的な風貌の母親に少女のような表情で凭れかかり、父親はソファーの後ろからその二人の肩を両手で大きく抱いていた。

彼女は四人兄妹の末っ子、最後に生まれた待望の女の子だったと、クラスのみんなに言った。

時々、校長のアグスティンが授業の最中にタチャーナを呼びに来た。

「タチャーナ、ママから」

「タチャーナ、パパから」

「タチャーナ、おばあさんから」

長い電話が終わると、ゆっくり部屋に戻ってきた。万時にかけて決して急がなかった。

約束の時間に姿を表さぬタチャーナを待って誰もがじりじりしている時、遅れた自分を待っている仲間が目に入っても走らなかった。

「タチャーナ、待ってたんだよ」と声を掛けられても速度を変えず、悠々と近寄ってきた。「待たせて、ごめんなさい」とも言わなかった。

アグスティンは「典型的なブラジル人だ」と言った。

わたしは、その逆だった。約束の時間に遅れた訳ではないのに、自分を待っている仲間が目に入ると、どうしても小走りになった。彼はきっと、「典型的な日本人だ」と呟いていたことだろう。

彼女は毎日遅刻した。鍵を開けてくれる校長にどんなに注意されても、やっぱり遅刻した。悪びれたようすなど全くなく、堂々とクラスに入ってきた。ほぼ毎日遅くまでスペイン人の若者たちとディスコで踊っていたから、もちろん宿題などしてこなかった。文法を受け持っているホセ・ミゲルに理由を尋ねられると、

「やったノートを部屋に忘れてきた」と毎度同じ言い訳をくり返した。その度にホセ・ミゲルは肩を竦めた。わたしも側で、たまには違う言い訳見つければいいのにと思った。だがタチャーナのふっくらした唇が、柔かく気怠いトーンのスペイン語でそう言うと、あーあ、仕様のない娘と、すべてを許してしまいたくなるような気を、人に起こさせた。

緻密に構成された文法の知識には弱かったが、会話には堪能だった。ちっとも努力しないのに、ディスコや気紛れなデートでどんどん単語を吸収し、母国語並に話した。部屋に帰ってからも長時間机にしがみつき、くり返し反復練習しながらなんとか授業についていくわたしは、彼女の能力と

余裕に舌を巻く思いがした。

スペイン人の先生たちからはズケズケと、「タチャーナ、そんなんじゃ弁護士にはなれっこないよ」とやられていたが、こんな娘は必死な努力をせずとも、マイペースで弁護士の資格を獲得していきそうに思えた。

ある時、彼女はわたしに尋ねた。

「日本の字で、スエルテ（運）はどう書くの」

「どんな運のこと？　日本語にはいろんな運を表現する言葉がある」

「幸福を招くスエルテ」

そこでわたしは、タチャーナのノートに大きく「幸運」と漢字で書きつけた。

「まあ、かわいい字」ぱっと笑みになって言った。

「あたし、この字を体に彫り付けるの。ここにね」と、きゅんと突き出たジーンズのお尻を指さした。今ブラジルの若者の間では、日本の漢字を体に彫り入れるのが流行っているんだと言った。

「パパやママに見つからないよう、お尻。この街に居る間に、彫り付けておくの」

二週間後タチャーナは、休憩時間ほんの少しジーンズを下ろして入れ墨を見せた。淡いピンク色の丸やかなお尻に、たいそう角張ってぎこちない字で「幸運」が彫り込まれていた。日本語など見た事もない彫師が、ノートの字を真似て彫ったと、タチャーナはジーンズを上げながら説明した。

「ここだと恋人には見えても、パパやママには見つからないからね」

「それ、ずっと消えないの」ソアが尋ねた。

「ずっと。多分死ぬまで」

タチャーナの口が言った「死ぬまで」ということばは、みょうに生々しく響いた。豊満なお尻に「幸運」という字を刻みつけたまま一生を送ることになる女の気配が、刹那、目の前を横切った。今と同じように何人もの家族と豊かな財力に囲まれて、人間の闇にも国家の闇にも嵌ることなく、終生を悠々と過ごしていきそうに見えた。目の前のタチャーナのように、いつも自分自身であり続けながら……。

彼女と一対一で話すことは全くなかった。もしそんな事態に鉢合わせしたら、互いに途方にくれただろう。タチャーナとわたしは、何から何まで逆だった。逆だったからわたしの目に彼女の個性は鮮明に映った。

幼少期、成長期、賑やかな家族に囲まれてたっぷり吸い込んだ愛情、不安も恐怖も知らず安心して過ごせた日常、写真のサロンにあったような十九才の娘と両親の自然な愛情の形、そして国土に流れるゆったりした時間、生活、どれもタチャーナの三倍の年齢のわたしが知らずじまいのものだった。

陽のいっぱい当たる側で育ち、さまざまな可能性を宿す未来を持っているこの娘と、三十年後四十年後にもう一度出会ってみたいと思った。もっともわたしの方は、とっくにこの世とおさらばしているだろうが…。

わたしの母も、タチャーナと似通った環境で育った人だった。だが途中から、彼女の人生は大きく屈折していった。

8

明治最後の年に生まれ二つの戦争の狭間で成長した母が、同郷の大学生と東京に駆落ちした出来事は、その当時の近郷近在を長く賑わしたという。学生には家同士が決めていた許婚がいた。

その事を三十代の半ば、母からではなくある親戚から聞かされた。母がよく話していたのは五人兄弟の後やっと生まれた女の子だったので、祖父母、両親、兄たちから大層かわいがられて育った事、新しい着物に履物、羽子板を揃えてもらえるお正月を待つなんとも言えぬ楽しさ、女学校の五年の頃どうしても上の学校に行きたくて、親の反対を押し切り無理強いに進学した事など、陽の当たる側面だけだった。

親戚の一人が当時の母のことを、こう言った。

「娘の頃のマサコさんは、自分の思い通りに事を進めるモダン・ガールでした」

バスで母と乗り合わせた時など、いなかにはモダンすぎる恰好が人目を引いて、本人は平気でも彼の方が小さくなっていたという。

噂が消えて二年経ったある秋の夜、彼女は一人で戻ってきた。

自分の駆落ち故に大きなダメージを与えた実家には戻れず、その親戚の戸を叩いた。肌寒い夜だったが、玄関に立った母は着古した夏服だったという。

「女の声がして戸口を開けたとたん、覚えずゾーンとした。幽霊が立っとるように見えた。ところがあのマサコさんじゃった。寒い夜によれよれの夏服一枚で立っとらしたもんなあ。あんまり変わり果てた姿で、自分じゃあどうしていいかわからずに大声上げて婆さまと御袋を呼んだ」

約四十年前、くり返し周囲に語り聞かせたであろうその劇的な場面を、彼はちょっと抑揚をつけながら語った。

わたしの祖母はお八重といったが、

「お八重さんは芯から優しい人だったが、あの時ばっかりは親父さんに刃向うてわが娘を庇った。うちの婆さまも口添えして、それでマサコさんは家に戻れることになった」

身窄らしい夏服で戻ってきたかつてのモダンガールの話は、前回以上に噂を煽り立て、母は近隣の好奇の目に晒された。人には言えぬ事もしてきてると、親戚の口にさえそんな話が広がった。

両親は沖縄で小さな砂糖工場をやっていた二男と相談して、彼女をしばらくその家族の許にやる事にした。この時母は素直に両親のいう事に従ったという。

沖縄滞在中、夏休みでその家族の許を訪れた学生と知り合い、それがわたしの父になった人だった。

今度は誰からも祝福されて結婚、出産、そして戦争、父の出征と戦死、両親の死、激動の時代を経た後、母は働き始めた。

わたし達は父の存在を知らずに育った。弟は父の戦死通知の後に生まれた。わたしの幼時の記憶にも、父の姿は刻まれてない。

子どものわたしは、母に脅えていた。母が怒る時、逃げ場がなかった。何故怒るのかはわからず、唯恐かった。生々しい感情の猛りをぶつける相手は、無邪気な丸い目と弾けるような笑い声を持つ息子ではなく、みょうに遠慮して上目使いに自分を見る娘に対してだけだった。母は問い詰めるとすぐびくついて嘘を言う娘の態度が許せなかった。自分とは全く異るキャラクターを持っていた。

小学校低学年の頃、母の口が言う「こんな悪い子は、少年院にやる」という言葉を本気に受け止めた。少年院が何か知らなかったが恐い寂しい所に思えた。言われる度に脅えた。中学になると、強い反感を覚えた。そんな言葉で脅す母の幼稚さを心の中でフンと笑い、「少年院の方がよっぽどいい」と聞こえないように呟いた。

母は無防備に自分の感情を丸出しにした。

機嫌がいい時、その姿は一変した。周りまで浮き浮きするような笑い声をあげて弟とふざけ、洗濯しながら文部省唱歌を声張り上げて歌った。そんな時は怒られない事がわかっていたから、安心して居れた。

母は、いい匂いがした。弟は頭をぐいぐい母に押しつけて、「お母さんの匂い、お仕事の匂い」と言った。わたしも同じにしたかったが、できずに側で眺めていた。だが母の脱ぎすてたエプロンや服にも、その匂いは残っていた。なぜか、母がかわいそうでたまらなくなるような匂いだった。

――あの頃母は、万事を一人で背負っていた。子ども、仕事、慰めの無い生活、ストレスと不安を喉元まで詰め込んでくらしていた。そんな事が、子どものわたしには見えなかった。

少女時代、家では性の兆しはタブーだった。奥のそのまた隅っこに閉じ込めておかねばならぬ、忌わしいものになっていた。

母は、わたしの内側からふと漏れ出る異性への憧れをキャッチすると、容赦のない言葉で切りまくった。わたしは、母が美しい目で一人物想いに耽っている時、見てはならぬ物を見たような当惑を覚えた。子どもの時から直感で、母の内側に隠された思いを感じていた。異性への憧れが自分にもふくらんでいった少女時代、家の中の屈折した性の気配は息苦しかった。それを母に気取られぬよう、用心していたけれども、時々ひょいと顔を出した。そして、母とわたしの確執はもっと歪んだ形になっていった。一方はあいかわらず無防備にそれを発散し、もう一方はあいかわらず発散できずに内に溜め込んだ。

高校時代、家を出る事をしきりに考えた。弟は大学入学と同時に家を離れたが、わたしは母の許をきっぱり去る事ができなかった。年齢を重ねるにつれ、母の図抜けた逞しさ無邪気さと裏腹の脆さ悲しみが見えてきたが、わたしは自分を変える事ができなかった。こらえ性のない母は、娘の頑なな態度に怒りを爆発させ、二人の繋りの有様はちっとも進展しなかった。

ソアと話したあの夕方、思い当たった事だったが、母は空洞を抱えたまま痴呆になっていった。娘の素直な愛情と許しを求めていた空洞だった。

同様に、わたしもそうだった。子ども時代、母のおおらかな優しさを求め、今は形骸のまま残っていた。

どんな形でかそれを埋めようとする試みを、母もわたしも探っていた。

特別養護老人ホームの中庭に、夕日が射し込んでいた。緑の木立ちに囲まれた空に、二片の雲がゆっくり表れた。

「お母さん、もう秋ね」

「そうね。もう秋ね」

「お母さん、あの雲、バラ色してる」

「そうね、バラ色してる」

「木の実がいっぱい見えるよ。何の実だろうね」

「そうね、何の実だろうね」

わたしと母は、中庭のベンチに腰かけていた。一面の芝が夕日を浴びて緑に輝いていた。母の目は穏やかに澄んで、二片の雲の動きを追っていた。一緒に居る時いつも無意識に巡らしていた身構えが、その時消えた。今、目の前にいる母は、眠っている赤子の顔のように弱くはかない存在に見えた。

通りかかった婦長さんが立ち止まった。

「まあ、マサ子さんの表情の穏かなこと。いい顔してるねえ。スタッフ泣かせのいつものマサ子さんとはまるで別人。娘さんと一緒でいいねえ」

言葉の意味がわかったのかわからなかったのか、母はにこっと笑った。すべてを許してしまいたくなるような笑顔だった。

9

母には終生つき合ってくれた友人がいた。十五歳年下の身障者手帳を持つ人だった。脳の組織が次第に崩れていった時にも、度々会いに来た。彼女の顔を識別すると、母は泣き顔になった。

「多美さん、あたしはボロボロ人間になってしもうた」

「歳を取っていけば、自然な成り行きでしょう」

「多美さん、何かおいしい物持ってきてくれた？」

「はい、プリン持ってきましたよ」

「多美さんは優しい人ね」

多美という名は、母の記憶からずっと消されなかった。

ある時母は驚いて言った。

「あらー、多美さん、この前死んだでしょう。また生き返ったねー、ああ、よかった」

「あたしはまだ死んだ事はありませんけどね。ずい分思いがけない発想するんですね」

彼女は誠実に答えた。痴呆の進んでいくお年寄りに向かう時、人がしばしば使うような取ってつけた優しさではなく、対等な言葉で対応した。

脳裡に残っていた言葉もどんどん消され動けなくなった後も、多美さんは母に会いに来た。母はその顔に目を向け、じっと見守り、それから不意に泣き顔になった。口許が動いたが、言葉は出なかった。多美さんは自分の両手で母の手を取り、優しく撫でた。人の体温の暖かさが母の混沌とした意識に伝わり、側に立つわたしの心にも伝わった。

初盆の夜も多美さんは挨拶に来た。彼女の話には、他人の目が見た母の一面が映し出された。

「プライドの高い女性でした。それなのに反面どこかに毀れ易い部分があって、いったん崩れるとガラガラッという感じでした。でもいつの間にか、けろっと立ち直っておられるんです。いったい何でしょうね、あの力は」

小さなお灯明が揺れる仏壇の前で、クリスチャンの彼女は静かに語った。

「あんな時代に一人で子どもを育てるのは大変だったろうけど、マサ子さんの人柄にはそんな苦労がまるでこびりついてないような、妙なきれいさがありました」

人の言葉に映し出されたその姿は、感情のしがらみを併わず、健やかに見えた。

「お話を聞いていると、もう一度、今度は鱗を取り払った目で母を見たくなりました。もう手遅れだけど」

「あなたの御気持ちの中で、お会いになる事ができます」

クリスチャンの多美さんは、即座に応えた。

「マサ子さんが教会に通われていたことがあるのを、御存知ですか」

「二、三度聞いた事があります」

「かっとなったら、どうしても怒りを抑制できない自分の性格を変えたい、神さまにお願いすればそれができるのならと言われるので、わたしが誘いました。最初のうちは興味を引かれたようでしたが、すぐに止めてしまわれました。理由は、神さまに指図されるのは厭だとのこと」多美さんは、ここでちょっと溜息をついた。

「結局、マサコさんは自己流の解釈に終わって、宗教や神の事は全くわかっておられませんでした」

あの当時は無関心に聞き流していたが、母が言ったことを思い出した。

「これまでも神さまなんかに頼らず自力でやってきたんだ。こっちの方があたしの性に合うからね。しょうがないの」

きっかけはあったが、母はそれを拒んだ。

そして見知らぬ神の力に支えられることなく、怒りに不安に恐怖に、もろに向き合いながら力尽きていった。その凄じい姿の中に、希に、しかも刹那、小さなきれいな気配がふいと光った。

母の家を遠く離れたカスティージャ地方の街でくらしながらそんな事を思い回していると、老いが人の一生の反映である事を強く感じた。そして、娘の立場を離れて、母に拍手したい気になった。

10

シマンカは、街のバスターミナルから三十分で行ける小さな村、十五世紀、村を支配したアラブの長に抵抗した七人の娘たちの歴史を持っている。

ピスエルガ川は、その真中を流れる。村外れでドエロ川に合流し、カスティージャの広大な荒れ地を横切って、果てはポルトガルの海に注ぐ川だ。

川にはおよそ二千年以上昔、ローマの手で掛けられた石橋があって、人や車や羊の群が今もそこを通る。橋は同じ材質の石のテラスを持っている。テラスはぐっと川面に張り出し、水はその下を流れていく。そこを通る旅人が立ち止まり、川と空、雲の動き、カスティージャの野に目を休めて憩うのを想定して作られたもの、現に二千年を経たテラスの手摺はまあるく擦り減って、柔かい光沢を放っている。

わたしもシマンカに行くたびに、そのテラスに凭れて時を過ごした。昔の旅人のようにではなく、唯その一時を楽しむために。ピスエルガ川の流れの音、その上を渡っていく夕方の雲、空、両岸の森で鳴く鳥、遥かな野に目と耳を澄ました。そのひと時、魂は二千年前の時間と二千年後の時間に繋がり、カスティージャの野山を駆け巡った。

時々橋の石畳みの道をガタガタ震動しながら車が通る。一台分の巾しかないから、対岸に表れた他の車は待たねばならない。

夕方のテラスでパンとチーズを齧っている時、羊の群も通った。それと一緒に犬も羊飼いも、首に鈴をつけたロバも通る。向岸の曲がり角から白い雲が湧き出すように表れた羊の群は、犇めき合いながら橋を渡っていった。次から次に続いていく。年寄りの羊飼いは、遠い昔絵本で見たように長い杖を持っていた。「ブエノス・タルデス」わたしたちは挨拶を交わす。犬はちょっと立ち止まってわたしの顔を見上げ、ロバは奇妙な女を横目で見ながら通りすぎる。

橋は名を持ってない。

最初の頃、貴重な歴史を持つその橋はさぞや奥床しい名を持っているのだろうと思い、何人もの人に尋ねた。

「名？　知らないね。この辺の者からは、『老いぼれた橋』と呼ばれてるけどね」

「名？　無いよ」

通りすがりの年寄りも、バルの主人も同じ事を言った。まるで村の空気の一部のように。

そんなに由緒ある橋が名を持たぬなんて、そんな筈はないと、カスティーリャ地方の歴史に精通している校長のアグスティンにも尋ねた。

「名？　さあ知らないな。ローマ時代に建てられた同じような橋は、あっちこっちに今でもあるさ」

小さな村の空と川の間に二千年以上ひっそりと存在し役立ってきたこんな橋は、名を持たぬ方が似合うかもしれない。

七人の娘の奥床しい歴史と共に、シマンカはたいそう古い図書館を持っている。十六世紀のものだという。周囲を城壁と深い濠で厳重に防御されている。城壁の門には頑丈な錆びた錠前がぶら下がり、中には入れない、中にも人は居ない。代わりにあまたの古文書や羊皮紙の本が詰まっているという。

外側から鍵の掛けられたその図書館は、濠の縁から見上げていると、奇妙に好奇心をそそる。

一度は、その図書館の傍に白い三日月が掛かっていた。ソアと一緒の時だった。一度はその建物の背後から、夕焼け雲が湧きあがっていた。

図書館を中心にして、石畳みの細い路地が縦横に下り、壁をくっつけた古い小さな家々が両側に並ぶ。その中に混じってバルやレストランもある。だが慎しい看板なので、目を凝らして初めて気がつく。その図書館と七人の娘の歴史に引かれて、村を訪れる観光客もいるとのこと。

やっぱりアグスティンの説によると、シマンカはその雰囲気故に芸術家に好まれ、何人ものアーティスト達が移り住んでいるという。

坂の上から見下ろすと、赤褐色のスレートの屋根が折り重なって下り、遠くから眺めると、その屋根屋根は図書館に向かって放射状に登り、村はこじんまりとまとまっている。

そして村の色は、淡い赤褐色、バス停で出会う人たちも、似通った雰囲気を持っている。だが橋を渡り川向うの松林の方まで足をのばすと、ひょいとお洒落な家が表れたり、奇妙な家を見かけたりする。

松林の際にある崩れかけた家は、壁一面に絵が描かれていた。大胆なタッチのアブストラクト、まるで人工の色彩は閉じられた空間に収まりきれぬように、林に転がった大きな石や洗濯物を干す紐にまで及んでいた。

ある日、橋からバス停に戻る途中の坂道で、奇妙な絵描きに会った。

石畳みの狭い道を登っていると、背後に足音がした。ずっとついてくるような気がした。ふり返ると、白髪混じりの蓬髪を紐で束ねた男だった。皮ジャンの奇抜な色が、まず目に飛び込んだ。この辺りの習慣通り、わたしはこんにちはと挨拶し、彼も「やあ」と見知らぬ日本人に挨拶を返した。

「さっき、橋の上でなにか歌っていたね。あれは何だい」

「日本の歌、ナノハナバタケとかユウヤケコヤケとかいろいろ」

「フー。何の事やら。何してるんだい。この村で」

「この村じゃなく、隣の街でスペイン語を勉強している。お宅は、ここに住んでいる人ですか」

「もう十年、川向うのあそこに住んで絵を描いてる」

と、顎をその方向に向けたが、家は見えなかった。そして皮ジャンの内ポケットから絵葉書を数枚取り出した。

「見てくれ、これがわたしの絵だ。それを絵葉書にしたものだ」

色と線の動きの激しさが、まず目を引いた。葉書の小さな枠の中で、極彩色のカラーが踊りまくっていた。よく見ると、黒い線の輪郭を持った石や木、鳥、人が形を飛び出して踊っていた。

その時、きわめて俗っぽい疑いが頭を掠めた。この男は絵葉書を売りつけるつもりだな、そこでわたしは両手を体にくっつけて、冷やかな表情を繕った。男はそんなことにはお構いなく言った。

「小さな絵葉書に閉じ込めたけど、ほんとはそんな物じゃないんだ、わたしの絵は。体から溢れ出してくるものだ。キャンバスをはみ出して、部屋の中にも家の壁にもそんな絵が止まっている」

男のことばも踊った。通りすがりの見ず知らずに向かって、夢中で喋りまくった。相手は誰でもかまわず、耳を傾ける素振りを見せた者に自分のあり余る思いをぶつけてる感じだった。黄色く汚れた歯をむき出しにして、ゼスチュアも踊った。こうなると、完璧に理解できなかった。わたしは辟易した。立ち去る機会を狙った。

「話の途中で悪いけど、バスが五時四十五分だから」

「バス？　ああ」男は平静に戻った。

「バスなら今度は六時四十五分。今日は日曜だから、五時四十五分は無い。街の病院に通院してるから、よく知っている。わたしの此所は、一部壊れてるんでね」

自分の頭を指さして、言った。

「ずっと薬をのみ続けてるんだ。時々頭がいかれるからね」

応答できずに黙っていると、更に続けた。

「本当だよ。そら、これが薬」絵葉書の入っていた内ポケットから、今度は錠剤を取り出した。

「アメリカの薬なんだ」

買ったばかりの時計の話でもするように、男は淡々と言った。

「ポケットに何でも入れてるんだね」

私も淡々とした風を繕って言った。

「ああ、去年わたしの犬が死んだ後は、この二つだけ。二つともわたしの命」

「どういう意味？」

「絵はわたしの生命、薬の支えで絵が描ける。カスティージャのこの辺りには、わたしの想像をかき立てるモチーフがいっぱい転がっている。乾いて広大な地に照りつける光、赤い土、光る岩、夏は強烈な明度の光の中で、せめぎ合う色のハーモニー、冬は荒涼とした大地すれすれを走る雲の群」

男のことばは、再び踊り出そうとした。その時、ふっとわたしは言った。

「その絵葉書、買えますか」

「絵葉書？　いや、これは売り物ではない」

ことばの踊りは中断され、声と表情がすっと凋んだ。薬と絵葉書をポケットにしまいながら、

「アスタ・ルエゴ（それじゃあ）」と片手を上げた。男は右の路地に折れ、わたしは見送る形になった。

その時わたしは、自分の俗物根性を恥じた。

村の路地は、既に夕暮れ時の光景だった。

壁のくっつき合った家々の窓辺に置かれたゼラニウムの鉢の間に、一匹の猫が寝そべっていた。すぐ前を通りすぎかけたわたしにチラッと目を走らせて、大きな欠伸をした。その先の出口に、太い体の女が両足を踏んばって立っていた。

「ヴィッキー、ヴィッキー」いきなり大声を張り上げて、誰かを呼んだ。彼女の足許に駆けてきたのは、白い小さな犬だった。

「ヴェンガ（おいで）」女と犬は一緒に家の中に入り、ついでにチラッとわたしに目を走らせた。

右に折れた路地では、家の中からボーイ・ソプラノの澄んだ声がしてきた。

「ママー、どこなの。ママー」姿の見えぬ声に、返事はなかった。

およそ六百年の昔、アラブの王に静かに強く抵抗した七人の娘たちの子孫が住む夕方の路地には、日曜日の生活の気配が映っていた。バルの看板が掲げられた家の前で立ち止まっていた時、不意にドアが開いて小さな老人が出てきた。それと同時に男たちの笑い声がどっと弾き出た。

「やあ、いい夕方だね」挨拶を交わして老人は去り、わたしはバルに入った。村の男たちがたむろする狭く暖かい一隅に腰かけて、ワインを注文した。

ワインはボトルごと持ってこられた。「好きなだけお飲みなさい」エプロン掛けのマスターは、生真面目な顔で言った。深い紅色、名はこの村を流れる川と同じ「ピスエルガ」。

二杯三杯美しい色のワインが入るにつれ、思考は自由に駆け巡り出す。

橙色の街灯の下で僅かなお金を稼いでいたバイオリン弾きと犬、そしてさっき出会った奇妙な絵描き、逃げ出したくなるような孤独感と裏腹に不思議なノスタルジアを湧かせる人たち、その感情にわたし自身の分裂した想いが映し出されている。だが、バイオリン、絵、自分にとってたった一つの大事な物を抱えて、多分、野垂れ死にしていきそうな人たちには、一種の潔さがある。一人で生きてきたと同じに、泣き言繰り言を誰に訴えるでもなく、一人で老い一人で死んでいくのだろう、彼独自の生と死を。

母の死は、わたしの精神と行動を解き放った。ずっと憧れていたように、もう野垂れ死にだって出来る身だ。

だが、何という奇妙な状態だろう、繋ぎ止める物が無いという事は。

それでもこれがわたし自身の人生になっていく、無意識のうちに、自分自身で方向づけてきたもの。どうなるものやら、見届けてみたい。ワインの赤の届かぬ頭の奥の深とした部分でそう考えた。

11

真上のピソの足音は、毎日ほぼ決まった時間に始まった。朝は六時、午後のシエスタの時間帯は四時、足音の主はほぼ定刻に活動を開始した。夜の足音は、企業も官公庁も店も一斉に仕事を止める八時の、かれこれ三十分前後で始まった。

足音の合間に猫の静かな鳴声が一度か二度、バッハにモーツアルト、クラッシックのBGMが絶えず、顔を知らぬその足音は、わたしの馴じみになった。

だが真夜中には、時々凄い叫び声がその部屋から落ちてきた。

最初の時、突然闇を貫いた絶叫に飛び起きたわたしは、母のベッドに走ろうとした。ベッドから下りかけた時、ここは母の家ではなくスペインのアパートである事、母はもう居ない事に気がついた。時計を見ると午前三時、もしかしたら眠りの中で自分が発した声かもしれぬと空恐しかった。

忘れた頃、二回めにした時は足音の主のものだとわかった。叫び声は突然に起こり、すぐに終わった。人間の声の形ではなく、暗い洞穴から発された咆哮に聞こえた。眠っている人間のどの部分からそんな絶叫が露れるのだろうと考えて、しばらく眠れなかった。

左隣りの廊下突き当りには、老婦人が二人で緑色のインコと一緒に住んでいた。二人とも同じ八十三才、一人は痩せて肩が曲がり、たいそう耳が遠かった。色白の方はふっくら肥えて、底力のある早口でひっきりなしに喋った。小さい方はカルメン、元気のいい声の方はアゲオラといった。スペイン人は一度話すと次からは友だちとして接する人が多いが、アゲオラはわたしの事を、ミ・イハ（わたしの娘よ）と呼んだ。シエスタから目覚めると、二人はめかし込んで散歩に出かけた。散歩後はたいてい照明を節約した仄暗い部屋で、テレビを見たり本を読んだりして過ごしていた。散歩で見かけても家の中でも、二人は明と暗のように対照的だった。その声と目まぐるしく変わる表情でアゲオラの存在は際立ち、カルメンは何処だろうと仄暗い部屋を見回すと、隅のソファに小さく腰かけ、目だけをこちらに向けていた。

十二月に入ると、街中に浮き浮きした雰囲気が漂い始めた。広場や教会、店のショーウィンドーにも手作りのクリスマス飾りつけが増えていった。キリスト生誕の光景が、小さなミニチュアの動物・人間・家・村・牧場などで再現されていた。豆粒ほどの牛や羊や犬がびっくりした顔で生まれたてのキリストを見守り、ミニチュアの村ではパン屋がパンを焼く手を止めて聖家族の家の方をふり向いていた。誰もが動きと表情を持っていた。

いたる所でプレゼントを捜し回る大人や子どもの姿が見られた。家族の一人一人に、恋人親しい友人に相手が心から喜ぶようなプレゼントをするのが慣しで、そのために一ヶ月も前から考え店を回り捜すんだとプロフェソールのホセ・ミゲルは言った。そういう事にたっぷり時間をかける余裕を、この街の人たちは持ってるんだなと、感心しながら聞いた。

「クリスマスは家族にとって最も大事な日、万難を排して家族が集る時だ。普段なら一人でレストランに入ってもどうって事はないが、クリスマスと大晦日には奇異に映る」

ホセ・ミゲルはちょっと顔を顰めて首を振った。平常でも家族との時を大事にするこの街で、クリスマスは一人者にはちょっと気詰まりな日になるだろうと、一人者のわたしは思った。

クリスマス・イヴの午後、ドアをトントン叩いてアゲオラが表れた。

「まあ、ミ・イハ、クリスマスというのに勉強だなんて！　クリスマスに一人で過ごすなんて！」

と、目をまん丸にして両手を広げた。大きなパールのピアスをぶら下げ、ワイン色のブラウスとドレスアップしていた。

「うちにいらっしゃい。今夜はわたし達も息子の家族のパーティーに出かけるけど、それまで時間あるから、ケーキと甘いリキュールもあるの。まあ、かわいそうに。気になって覗いてみたのよ」

アゲオラは、底力のある声でまくしたてた。わたしはやりかけの宿題をそのままにして、その招待を受けた。

シルクのスカーフでちょっとドレスアップし、二人のピソに入った。

カルメンは奥のソファにひっそり腰かけていた。側に読みかけの本が置かれ、「ブルボン王家の家族」というタイトルが読めた。

カルメンの耳にも真珠のピアスが下がっていた。アゲオラは焼いたケーキとリキュールの瓶を並べた。イブの午後、パーティーに出かける間際の二人のピソには、カーテン越しに傾きかけた日が射し込んでいた。赤いリキュールがグラスにつがれたとたん、「マニュエル、マニュエル」けたたましい声が二度誰かの名前を呼んだ。窓際のインコだった。

「マニュエルっていうのは、わたしの孫、このインコは、マニュエルがくれたプレゼント」アゲオラは顔いっぱいの笑みになった。

甘いリキュールを飲みながら、彼女は棚に並べられた家族の写真を一つ一つ説明した。

大家族の写っている古ぼけた写真――まだ子どものアゲオラは、生真面目な顔でカメラをにらんでいる――、高校生の孫、息子の家族と犬、口髭のハンサムなスペイン男――十三年前に死んだあたしの夫と彼女は言ったが、まだ四十前後の顔――、海辺で写っている若い家族の写真、小太りで美しいアゲオラがボーヤをだっこしたハンサムな御主人に寄り添っている。カルメンは、どこにも写っていない。

「これがわたしの全財産よ。わたしの宝」

わたしの訝し気な表情をとっさに勘づいて、アゲオラは続けた。

「カルメンは夫の妹、彼が死んだ後ずっと一緒にくらしているの。カルメンの家は、ここから遠い村にあるんだけどね、今は誰も住んでないわ」耳の遠いカルメンはあまり喋らず、時々「そうそう」と頷いていた。

「ところで、ミ・イハ。お子さんは」

考えるより先に、嘘が飛び出した。

「娘が一人」

「もう、結婚しているの？　娘さんは」

「はあ」

アゲオラは、それ以上尋ねなかった。嘘を言った後で、わたしは奇妙な気持ちになった。高校時代、愛情と憎しみの絡みあった母娘の繋りを自分の将来には決して再現すまい、娘は持つまい、結婚はすまい、一人でも生きれぬ事はないと強く考えていた。一時期の激しい願望であったにもかかわらず、その後の方向を暗中から操った。幾人かの恋人と出会い別れ、その度に一人になった。思考も意識も届かぬ暗闇の世界から一つの力が働きかけているように、同じ結末が生じた。

咄嗟に口を突いた自己防衛の嘘だったが、子を生み育てた経験を持たぬ空洞を鋭く意識した。

アゲオラの声が、思い出したように言った。

「そうそう、夜中に叫び声がするでしょう。上のピソで」

「この部屋にも聞こえるんですか」

「そうよ。でも、あなたは真下だから厭だろうなて、カルメンと話していたのよ。彼は一人者、普段あんまり喋らないから、真夜中にあんな声出すのよ。それにしても、あの声はね…」アゲオラは甘いリキュールを一口飲んで、大げさに頭を振った。

「まだ二つか三つの時、市民戦争の最中、父親が銃殺されたそうよ、目の前で、ずい分年取ったお母さんがいるらしいわ。会ったことないけどね」

その時カルメンが長椅子から大きな声で言った。

「ねえ、アゲオラ。ホセの所には六時のミサに参加した後で行こうよ。やっぱり六時のミサには行った方がいいわ」

アゲオラは、もっと大きな声で尋ねた。

「じゃあ、十二時のミサはどうするの」

「パーティーの帰りに行けるわ」

時計は五時半、わたしは立ち上がった。二人はわたしの両頬に口付けして、

「すてきなクリスマスを」と挨拶した。

廊下に出ると、扉の閉まった向かいのピソからどっと笑い声がして賑やかな話し声が続いた。

自分のピソの鍵を回して部屋に入ると、思いもかけず天井の上では人声がしていた。男と女の会

話が聞こえた。初めて聞く足音の主の声は、かなりの年配を想像させた。相手の女声は更に老いて、消え入りそうに細かった。会話の中で時々、「ママ」という単語が聞き取れた。

　カトリックの街のイブ、足音と猫の鳴声、バッハとモーツァルトしか聞こえぬ上のピソも、アゲオラが言っていた母親が来ているのだろうと、宿題を片づけながら思った。「ママ」と呼ばれている女の言っている事が、同じ事の繰返しであるのに気がついたのは、しばらく経ってからだった。年配の男の声はその度に、言い含めるような口調で丁寧に応答していた。

　同じ調子の会話はずっと続き、途中でシャンパンを開けた音と、「ママ、クリスマスおめでとう」という声がした。

　わたしの部屋にも、「何してるの」とソアがシャンパンを抱えてやって来た。

　夜十時過ぎ、天井の上でドアを閉める音がして、二つの声も消えた。

　そして十一時過ぎ、街中が家族とクリスマスを楽しんでいる時間帯、ソアを送って外に出ると、通りは見事に空っぽだった。外燈の明かりと凍てつく空気だけがあった。周囲のどのピソにも、家族の灯が煌々と点っていた。

　たった一人、街角から表れた酔っ払いがビニール袋をぶら下げ、大声で何かどなりながら、人も車もいない通りを歩いていった。

12

サンタ・クルース宮殿は、全体が白っぽい石の建物、十六世紀に建設されたという。真昼の光の下では強い白色の輝きを放ち、真正面に沈んでいく夕日の中では淡いバラ色を帯びる。パティオを囲む部屋は、現在、大学関係の研究室に使われている。宮殿は広い庭を持ち、サンタ・クルース広場と呼ばれている。数本の古木が枝を広げ、鳥の巣、石のベンチ、石畳みの地面、石の彫刻など、石と光、木が遥かな時の流れと歴史を吸い込み、一つの静かな空間を形成している。マロニエの木には、葉が落ちてしまった後、大・小の鳥の巣が表れた。そして冬の闇中、空っぽのまま寒風に揺れていた。

シエスタの時間を除いては、真冬の午後も、暮れた後でさえ、人が集まってくる。キヨスコの前で若者の群が騒いでいても、犬が走り回り片足上げてちょっと失礼しても、遥かな時の静寂に包まれてしまう。

そんな光景を見ながら、石のベンチに腰かけて読書することもできる。オーバーとマフラーに身をくるんだ老人が、ステッキに顎を置いて、漫然と時を過ごしている姿をよく見かける。

午後、宮殿の真向いに来た日が次第に傾くにつれ、正面壁の光加減が少しづつ変化していく。白い壁面に彫り込まれたレリーフや像がやわらかい明暗を帯びて、くっきり姿を表す。木の枝も外燈も、その壁に影を落とす。風が吹けば、影も揺れる。人の影も映る。

冬日が作る影は、鮮かだ。

日曜の午後、シエスタ中に広場に表れた女は、客の来ぬキヨスコの老人と、たっぷり一時間は話し込んでいた。夢中になって喋っている二人の影が壁に映り、身ぶりまで映った。女が連れていた二匹の犬は、我慢強く地面にすわっていたが、ついに退屈して、壁の下方に彫り込まれた腰掛けにぴょんと飛びのり走り出した。すると壁にできた犬の影も一緒に走った。向かいのベンチでそれをずっと眺めていたわたしもついに退屈して、その場から去った。

壁に彫り込まれた腰掛けには、いろんな人が腰を下ろし、いろんな過ごし方をする。大きなマフラーを体にまきつけて本を読む若い男、二つの乳母車を側に置いてお喋りを交わす二組の夫婦、編物をする老女、壜を傾けては喉に流し込んでいるアル中らしい男、みんな影を映す。

散歩の途中、わたしは時々広場の端に腰を下ろして壁に移ろう光と影を眺めて過ごした。冬日を吸い込んだ石は、表情を持っていた。光の壁に映る人の影は、その生活の一こまを物語った。

宮殿を背景にすると、壁際を通り過ぎていく人も犬もたいそう小さく見えた。ある時その前を横切っていった尼僧の静かな姿にずっと目を向けていたが、たっぷり数分間は見ていたような気がした。

空っぽの車椅子を側に置いた三つの影は、ずいぶん長く同じ場所に止まっていた。

真中に太った老女、右側に中折れ帽の老人、左側に二人の娘らしい女。真中の人は全く動かなかったから、離れた目には一つの重い塊のように映った。度々右の老人が腕を伸ばして、老女の口許を拭いた。その度に壁に映った中折れ帽の影が、動かぬ女の方に傾いた。左の女は老女の顔を覗き込んで、しきりに何か話しかけた。だが、真中の頭の影はじっとしたままだった。

そこへ同じように古風な中折れ帽の紳士が、ステッキを止めて三人の前に立ち止まった。両側の二人はその男を見上げて喋り出した。ステッキの紳士はしきりに頷き、立ったままの中折れ帽の影がその度に揺れた。喋るにつれ、両手が動き、頭が動き、影もそれと一緒に動いた。だが、真中の影は全く動かなかった。ステッキの男が立ち去った後も、三人はしばらくそこに腰かけていた。

冬日の中にすわっていると、気持ちが温もった。

まもなく両側の二人が老女を抱えるようにして立ち上がらせた。空っぽの車椅子をそこに残して、三人は歩き出した。

老いた二人と老いかけた一人は、広場をゆっくり巡り、わたしの前も三度通った。通る度に、その家族の表情が間近に見えた。

両側を夫と娘に支えられながら、彼女は絶え間なく同じことばを呟いていた。

「バーモス、バーモス、バーモス…（さあ、行かなきゃあ）」

呟く口許に涎が流れた。老人がハンカチを伸ばしてそっと拭き取った。彼女の足取は、固い地面を踏んでいるのでなく宙に踏み出しているように危うかった。バーモスと呟き続けながら、目は周りの現実ではなく虚空の一点を凝視していた。

寒々とした不安な目、教会前の広場で見たあの目と同じ表情だった。その目の果てに、混沌とした空洞が広がっていた。

彼女の魂はたった一人、誰もわからぬその世界を凝視していた。だがその体は、両側を夫と娘の暖かい体でしっかり支えられていた。

三人の後姿がゆっくり歩いている時、乳母車を押した若い夫婦が弾んだ挨拶の声をかけ、二つの家族は立ち止まった。老人の後姿は乳母車の中を覗き、笑い声と賑やかな話声がしばらく続いた。若い母親は空色のふわふわした服にくるまった赤子をひょいと抱き上げ、老女の前にさし出した。老女の後姿は動かなかった。わたしからは見えなかったが、目はきっとその赤子を見ただろう。

三度目に近づいてきた時、左を支える娘が
「ママ、見て。あそこにパコがいる」とキヨスコの前にいる若者たちを指さした。老女はちらっとその方に目を動かした。

「パコー」女は叫び、皮ジャンの若者がヤーと片手を上げて群から走り出てきた。

「車椅子は？」

「あそこ。おばあちゃんもちょっとは歩かなきゃあ」

パコと呼ばれた若者は、老女の肩を抱いて両頰に軽い口付けをした。そこで若者を混じえた家族はまたお喋り、この街のどこそこで出会う家族の光景だった。体の自由を失い痴呆に迷い込んでいる老女の姿も、サンタ・クルース広場の午後を集う家族の光景の中に組み込まれていた。磨かれた靴もきちんと釦を止められたオーバーも首に掛けた赤いマフラーも、両側を支える二人の手で整えられたものだろう。

若者はひとしきり喋ると、また仲間の方に戻っていった。三人の後姿も車椅子に戻り、広場を去った。いつのまにか日の影は、壁の半分まで這い登っていた。

父の死を見届けた人は誰も居ない。

わかっている事実は、終戦間際の空爆でこっぱみじんになった船体と一緒に、海に投げ出されたという事だけ。投げ出された瞬間、三十一才の父の心に何が映ったか、何を思ったか、誰にもわからぬ。

母は、父の遺骨という白い箱が送られてきても、信じなかった。

「箱の中で何かカラカラ鳴っていたけど、主人の骨なんかじゃありません」

小さな子どもの頃、母がよく客に言ってた言葉を覚えている。

お父さんは、ある日ひょっこり帰ってくる筈だと、父の記憶を持たず父の死がなにかもわからぬ二人の子に言っていた。

母は待ち続けていた。その思いがいつ頃から消えていったのか、知らない。

痴呆が進行していった日々には、週末には姿を表す娘を待っていた。

特別養護老人ホームの決まったテーブル、同じ空間で次第に言葉を失っていった時も、弟たちやわたしを待ち続けていた。

そして病院の白い個室でも、やっと表れた娘にあの笑みを残して死んだ。

サンタ・クルース広場の午後に出会った家族の姿を通して、母の人生が考えられた。

母にとって家族は待ち続けるものだった。

13

ソアは、すばらしい笑い声を持っていた。おなかの中に湧き上がり、部屋いっぱいに迸り、周りの者を同じ笑いに巻き込んだ。

ささいな事でも、ソアは心底から笑った。たとえばクラスで誰かが「今度はミルク入りコーヒーだけ飲んできた」と言うつもりで、「ミルク」を似た音の「車」と取り違え、「車入りのコーヒーだけ飲んできた」と真面目な顔で言った時、ソアの口からその笑いが弾き出た。体を揺すっていつまでも笑い、つられてみんなが笑い出した。

初めてこの街に来た時、彼女は一言のスペイン語も話せなかったという。そこで学校では英語の堪能な先生が一対一のつきっきりで勉強を続けたとのこと。わたしは初めてソアに会った時は、間違いだらけのスペイン語で物怖じすることなく、自分の考えや意見を他の学生たちにぶつけていた。一緒に勉強している間にもソアはすばらしい速度で会話力を伸ばしていった。

校長のアグスティンも驚いていた。

「これまでたくさんの外国人を教えてきたが、ソアほどの習得力に会った事は初めてだ。最初の二週間はどうなることかと心配したが、どんどん進歩していった。すばらしい能力だ。それに彼女は大胆だ。まちがいだらけのスペイン語で誰にでも話しかけていく。だからあれだけの急ピッチで進歩するんだ」

ソアと親しくなってから、北の街レオンの大聖堂を見に行く途中のバスの中で、ソアはその頃のことをわたしに話した。

「最初の一週間が過ぎた時、ついにクラスで泣き出してしまったの。ホセ・ミゲルがつきっきりで教えていたけど、どんなに説明してくれても何のことかわからなかったし、どっちを向いても言葉は通じないし、ホームステーの生活はキブツとは全く違うし、どうしようもない事ばっかりだったからね。

キブツに逃げ帰るか、わからなくても残って続けるか、方法はその二つしかなく、残る方を選んだの」

若いソアは考えを決めたその時点で気持ちが晴れ、これは自分自身への新しい挑戦だと思い楽しくなったという。

わたしはその話を聞きながら、瑞々しいエネルギーを感じたものだった。ソアの前方に予測のできぬ未来の広がりが見えた。

小さな学校の四、五人単位のクラスでは、その時の雰囲気で授業の流れが度々ころりと向きを変えた。誰かが出した話が興味を引くと、授業の流れはそちらに移った。先生まで文法の説明はそっちのけで話に加わった。タチャーナが出来たての恋人のこと、一晩中踊り明かしたディスコのことを出した時もそうだった。ソアの話も学生たちの興味を引いた。キブツのくらし、ユダヤ教の祭典など、誰にも未知な世界だった。知らない単語にぶつかると、一瞬くちびるを噛んで考えたが、夢中になっているソアは英語でぽんと置き換え話し続けた。

キブツの事を話している最中に、はっと心を引くことばが表れた。

「生まれたのも育ったのも、そのキブツ。両親もそう。だからあたしはキブツの子。キブツは万事を自給自足で生きる事を理念にしている共同体なの。頭脳と体と手を総合的に駆使して築いていく生活ね。ユダヤ人だけじゃなく、いろんな国から入ってくる」

それから一息置いて、さらりと言った。

「わたし達ユダヤ人は、世界から嫌われている民族でしょう」

わたしは、なんだかはっとして、彼女の顔を見守った。

「キブツは、世界のその偏見を打ち砕いていくことを、根本の理念にして作られたものなの。えー、ユダヤ民族は唯、頭脳で金儲けするだけじゃないんだと、世界に知らせる使命を持っている」ここで、ソアの口調は多分に演説っぽくなった。クラスは、彼女の学生になったような姿で黙って聞いていた。どうやらソアは、多勢の前で話す事に慣れているようだった。わたしも黙って聞きながら、ソアの個性はキブツの環境の中で育てられたものだろうと思った。だが、そんな事より、「ユダヤ人は世界から嫌われている」と言った時の彼女の表情に、わたしは気が引かれた。心の中にすっと入ってきて、くっきり残っていた。やわらかい影のような表情だった。

ソアは、もう一つの個性を持っていた。それは時々、言葉の断片や一瞬の表情になって表れた。するとソアのはっきりした顔が淡い翳に縁取られたように和らいだ。そんな時彼女は、軽く唇をかむ癖を持っていた。

ある時ソアは、あたしはキブツの世界からずれている部分があると言った。本が好きで、いい本に出会うと読み終わるまで止められないという彼女と、本の話もよくしたが、その時ふっと言ったのだった。

「キブッの世界では、あたしは一種のハムレットなの」

「ハムレット?」わたしの声は大きくなった。古くさくなり忘れかけられたものに、不意に出会ったような気がした。

「そう。いっぱい考えてしまう。他の人がそこまでは目を向けない部分まで考えてしまう。そして迷いこむ。キブッの世界には迷いがないの。すべてが歴然としている。その部分で、あたしはずれている…と思う」

「でも、ソアはちっともハムレット…あの…ハムレットみたいには見えないけど…、むしろ逆に見えるけど、わたしには」

「心の中ではそうなの。キブッの顔の下ではそうなの」

「ソアにとって、キブッは暮らしづらい世界なの」

「そんな事はない。キブッは閉ざされた世界ではなく自由に出入りできるから。

でも、どうかな、わからない。あたしはキブッの子だけど、一人の自由に考えることができるユダヤ人、自分自身でいたいの。でもそれは、キブッの中では苦しいこと」

ソアは言葉を止めて、ちょっと唇をかんだ。

「ア、今、ハムレットが覗いた」わたしが言うと、一瞬目を丸くしたソアはいきなり笑い出した、あの笑い声で。すれ違った人が、二、三人ソアをふり向いた。でも彼女は大きく口を開けて笑い続けた。

　彼女が内側に抱えている小さな、だが濃い影は、わたしの目には光にくるまれた玉のように見えた。


　ソアは、それから一か月後に帰国した。

　登山用のキスリングをオーバーの上から背負い、本やノートのぎっしり詰まった袋を抱え、パスポートはおなかに巻き込んだ姿でバスターミナルに表れた。

「あたしの荷物は二つとも一人じゃ持てない位重いからね。危険なマドリッドでも、誰にも盗られはしないわ」

　そう言いながら、渾身の力で二つの荷物をバスの荷台に押し込んだ。

　見えなくなるまでバスを見送った。手を振っていたソアの横顔が消えると、寂しくなった。

14

　冬から春への入れ代わりは、日の長さでは測られた。夕日は太い光線になって石の街に射し込み、古い街並や広場を橙色に染めた。大聖堂の塔から最後の夕日が消えた後も明るみが漂い、空には深い紺色が表れた。街灯に灯が点っても、その色はしばらく残っていた。

　寒さは変わらなかった。だが、時折、驟雨が通り抜けた。その後は濡れた道も噴水のしぶきもきらきら光り、その光の色はもう春のものだった。

あちこちでアーモンドの花が咲き始めた。

人間はあいかわらずオーバーとマフラーにくるまって歩いていたが、鳥はマロニエの樹に残していた巣に戻ってきた。その下を通る度に、同じ巣に同じ鳥がじいっと蹲っている姿が見えた。逆戻りしてきた雪片の舞う日も、強風の荒れる日も、じっと動かなかった。時々、体の向きだけが変わっていた。

ソアが帰国した後、タチャーナもブラジルの大学に戻り、クラスの顔触れは変わった。わたしの滞在のリミットも近づいていた。

その頃には隣りのアゲオラたちだけでなく、よく行く店の人とも顔馴じみになっていた。

パン屋の奥さんはわたしの顔を見る度に、

「一人っきりの食事は侘しいだろうねえ、もう少しの辛抱だよ」と頭を振った。クリーニング屋の奥さんも花屋の主人も例外なく、一人の生活と食事に心から同情した。家族との時間を大事にする街の人々の目には、孫も居そうな年配の女の一人暮らしは、なんとも味気ない姿に映るらしかった。どこに居ても一人に変わりはないが、わたしは甘んじてその同情を受けていた。

そんな一人の姿で、あいかわらず街をうろついていた。

だが、あの辻バイオリン弾きのように、薬を持ち歩いていた画家のように、有るが儘の姿ではなく、わたしの風貌はいつもカムフラージュされていた。自分で意識してそうしていた。

早春の宵の人群に混じって歩きながら、自分の内側に老いた母の心境を感じた。両肩が曲がり姿が縮んでも、母は鏡に全身を映しながら気に入るまで服を脱ぎ着し、それからステッキを突いて街へ出かけた。行先はコーヒー店であったりデパートであったり…。体は変形しても、頭はまっすぐに上げていた。

他人からの同情の目が大嫌いな人だった。

わたしの中に入り込んだ母の心は、頭をまっすぐに上げ何でもない風を繕おうとすればするほど、孤独を意識した。話しかけ、寛ぎ、怒り、そんな他愛のない感情の交換ができる家族の居ない寒々とした空間を周りに感じた。母がひしひしと感じていただろう孤独がわが身の内にまざまざと再現され、早春の人群の中で、わたしは小さな孤独な老女になった。

それでも母のプライドは、人からの同情を拒んだ。二人の子を育てながら一人で生きてきたこと、そして晩年も一人で生きている事が母の人生であったから。人がどう思おうと、母にとってそれは有無を言えぬわが人生であったから。

そのプライドは、死の寸前まで根深く残った。痴呆が始り進行していく過程では、凄じい狂乱となって表れた。自分の崩れていく姿が許せなかった。母のプライドはぼろぼろに傷つけられ、一人で必死で抵抗した。

娘時代から周りに抵抗して自分の意思を貫いてきた母の姿は、自分自身が失われてしまうまで続いた。周りもめちゃめちゃに傷つけながら、強硬に自分自身であり続けようとした。周りにはわからなかったこと、わたしにもわからなかったことだった。

知らず知らずの内に、そのプライドは私の内にも植えつけられていた。外見の対照的だった母と娘は、本質的に似通った運命と気質を持っていた。母が亡くなった後、それはわたしの中にくっきり姿を表した。

一人きりの生、老、死に向かい合っていくことが、わたしの真実。どんな物であれ、かけがえのないわが人生になっていく。

ソアのおばあさんは、彼女の信仰とキブツに護られて、イタズラな妖精風に呆けていく。辻バイオリン弾きは、犬に見守られてどこかでひっそり死ぬだろう。画家は、狂った頭の中でやっぱりカスティージャの強烈な光と色の乱舞を見るだろうか。

さて、わたしは…、さっぱり想像できぬ。だが興味がある。母とは逆に自分を主張せずひっそり暮らしてきたわたしの老いには、何が映し出されるか。もしかしたら、「わたしは忙しい。早く早く」が表れてくるかもしれない、でも、雲の流れのように悠々としたものも少しほしい。

夕暮れのシマンカのあのバル、ワインの紅が巡る頭の奥で考えたことを、春光の宵の人群の中で再確認していった。わたしの国の風土とは異質の硬い石の街で。

耳を澄ませば

さっきまで乾いた雪片が舞っていたが、気づけば庭には薄陽が射している。松の木の根元でミミがまあるくなって眠っている。縁側のガラス越しに、瞑った目の淡い線がくっきり見える。その松はミミの気に入りの木だから、寒い午後の薄日でも日向ぼっこの気分なんだろう。

若猫の頃、何を思ったのか一気にその幹を駆け登り、そのまま高い所から下の世界を眺めていた事があった。谷を隔てた対岸の段々畑に陽が沈み、夕焼けが燃えても動かない。日が暮れかかると啼き始めた。声は次第に高くなり、奇妙な響きを帯びていった。わたしは木の周りをうろうろしたり家の内外を出たり入ったりするばかりで、どうする事もできなかった。とうとう、猫に詳しい知人に電話した。

「なに、自分で登ったんだからかならず下りてきます。放っておきなさい」その人は何てことないさと言うような口調で言った。

ニャオーン、ニャオーン、長く伸ばした悲痛な声は、星空の下で飼主を呼び続けた。真夜中、縁側の外にニャンと短い声がしてミミは戻ってきた。

その時から松の木はミミの世界になった。

いい匂いのする松葉の中で昼寝したり、淡緑に染まった早苗の田を見下ろしたり、根元で日向ぼっこしたり、人間にはわからぬ時をしばしば楽しんでいた。

いつの間にかミミも年を取り、飼主の方はもっと年を取った。もう木には登れない。かつてはミミの周りをふわりふわり蝶が舞うと、自分も蝶になって飛び上がろうとしたが、そんな事はとっくに諦めた。今では時々寂しい目をくうに向け、生きる事に草臥れたという顔をする。好きな鰹節も食べ残す。暖かい季節にはこの老猫に子守歌を聞かせる松の木も、冬の間は自らの樹の内に閉じ込もってしまう。

だが今その黙した木の根元で、ミミの顔は限りなく穏やかだ。とは言え、泌尿器症候群とかいう持病を持つ老猫に酷寒に晒された昼寝は良くないと思い、わたしは庭へ下りた。ミミと声かけても顔を上げない。芯から寝入っている。

「さあ、家に入るよ」とその背に触れたとたん、ぎょっと手を引っ込めた。ミミの体は冷たかった。根元に丸まったまま死んでいた。抱き上げた両手の中で瞑った目の線はかわいらしく体は軽やかだったが、眠る姿で硬直していた。

翌日、白毛の遺体をその木の根元に埋めた。スコップで土を掘りながら、北欧の神話に登場するというグノーモの死がしきりに浮かんできた。ミミはその老いた小人の事など知りはしないが、全く同じ死に様でこの世から去っていった。

グノーモは北欧の地中に埋まった宝を守る小人、老いて醜い地霊だという。一時期知り合ったフィンランドの女性がその話をしてくれた。思いのままに針葉樹林の広がりを駆け回って一生を過ごすが、ある日生きるのに疲れ果てるとお気に入りの樹の根元に寄りかかる、そうやって死んでいくんだと彼女は語った。なんとも軽やかなグノーモの死はたいそう印象に残り、気持ちも体も重く沈む時一つの遠い静かな灯になった。

ミミも自分の好きな木の根元でこの世にさよならした。だれにも苦痛を訴えず、独りでひっそりと。

さて、ミミは逝き、この古い家屋に住む生者はわたし一人になってしまった。

ミミと一緒に此処に移り住んできてから、まもなく十三年が経とうとしている。

最後に住んだ伯父が他界した後ずっと空屋になっていたので、あちこちに修理が要った。かつての水屋と茶の間は広いキッチンに改築した。地元の大工は、「こげな造りの家は今じゃ珍しか。大事にしなっせ。まだ十分持ち堪えます」と言ったが、そんなに長く住むつもりはなかった。福岡にあるマンションはそのままにして移ってきた。だが、いつの間にか五年経ち十年が経ち、その間にマンションは売り払った。そうしてわたしは幼ない記憶に刻み込まれた祖母が亡くなった年と同じ、七十三才になった。

三世代の家族の歴史が互いにわかっている間柄の村では、突然入ってきた一人者の女は得体の知れぬ人間に映るらしかった。幼少時代を此処で過ごしはしたが、村の暮しの中でわたしは全くの他所者である。加えて若い時代の母の噂は今も地域の記憶に残り、最初の頃は——あの人の娘だそうな——という目が向けられた。決して面と向かって言われる事はなかったが、何気ない言葉の端々ににじわりと滲み出ることがあった。

だが、時が経つ内に隣人たちとは淡々とした関係ができていった。共同作業では一緒に用水路の掃除をしたり草切りしたりする。道で会えば立ち話する。じゃが芋の出来具合、日暮れ時庭に現れるタヌキの親子のこと、牛小屋に掛けられたツバメの巣に雛がかえったニュース、親は餌運びに大忙し、矢になって小屋を出入りし子牛はその度に後を追いかけるとのこと。掘り上げたばかりの筍を分けてもらったこともある。そんな当たり障りのない話をしては離れる。道の立ち話で野菜の作り方や樹の剪定の仕方も教わった。さり気ない会話だが、ふわっと暖かみが残る。それだけの繋り。

生涯を土相手に働いてきた人たちは礼節を弁え、街ぐらしの人とは異なる感性と知識を身につけている。此処に住んで、それがだんだんわかってきた。腰が二重に曲がっても、田の手入れを続け牛を手離さない。膝が痛い、腰が疼くと言いながら、わが牛の好物の草を切り集め、渾身を注いで米を作る。

母はこの村で生まれ、この家で育った。わたしも小学校に入学するまでの数年間を母の生家で過ごし、いつも傍に腰の曲がった小さな祖母が一緒だった。水の豊かだったその当時は昼も夜も湧き水の音がする池に鯉が跳ね、登り易い木の枝や苔の岩が水面に張り出してわたしの恰好の遊び場になっていた。庭からは広い一枚田が菊池川渓谷の崖っ縁まで続いているのが見渡せた。そこから先は別世界、対岸の段々畑は空まで迫上がり、日はそこに沈んだ。

子どもの感覚に刻まれた家の中心は、仏間と寝間である。二つとも黙って家を見張る特別な空間だった。だれも居ない時、居ても音がない時、二つの部屋の静寂と匂いはふしぎな気配になって家中に広がった。そうして、いきなり入ってきた子どもの体をゆさゆさ取り囲んだ。小さかった頃、わたしは何度かそれを体感した。その度に、「ばあちゃん、ばあちゃーん」と大声を出した。傍に祖母が居れば、何もかも大丈夫だったから。

その家は度々夢の中に現れた。

母に連れられて移り住んだ幾つかの土地でも、学生時代も後年住んだ外国のアパートでも、ある時は気配になりある時は祖母の姿になって現れた。目が覚めてからも夢の雰囲気が残って、意識下の層をかき回されているような覚つかなさに捕らわれた。

最後の住人だった伯父の葬儀も此処で行われた。子どもが居なかったので、全ての段取りは各地から集まった姪や甥たちの手で進められた。

「伯父さんと共に父や母が育ったこの家も、まもなく消えるだろう。庭も家屋も仏壇も次第に崩れ果てるだろう」それぞれの土地で自分の生活を持つ姪、甥はだれもがそう思った。一つの家の終わりなんだ、と。

その葬儀の最中、不意にある考えが閃いた。家が消えてしまう前にしばらく此処に住んでみたい、そうして幼少時を育んだあの家の気配を見直してみよう、読経を聞きながら強くそう思った。

わたしの申し出は従兄たちに受け入れられた。一人だけ神戸の従兄が怪訝な顔で言った。

「なにもこの寂しい土地で老後の大事な時を過ごさずとも、都会の方がずっといい」

「一人だし身が軽いから、住んでみたい所に住める」

考えたことは言わず、わたしはそう受け流した。

「あいも変わらず気ままな生き方だ。その分老後の反動は大きいだろうな」

伯父の三回忌が終わってから、わたしはミミを連れてこの家に引き移ってきた。

家は村の高みにあるから、集落は下に見える。坂道は山寺に続き、日の出日の入りには鐘の音がする。日が暮れると通る車はめったになく、濃い闇が村を取り囲む。村の灯の集まりは下になり、頭上には星と月の動きがくっきり見える。さそり座のアンターレスもオリオンもシリウスも、谷を渡って対岸に沈む。

来たばかりの頃この闇の静寂はあまりに深く、一人と一匹はその中で身を潜めながら夜を過ごした。ある夜キッチンのテーブルに寝そべったミミが、突然顔を上げ両耳をぴんと立てた。わたしは緊張した。初めて見る姿だった。闇の奥には何の物音もしていなかった。だが二つの耳と目は確かに何かの気配を感じ取っていた。外からのものか内からの物かわたしも耳を凝らした、小さい時体感したあの気配が、わたしにではなくミミに戻ってきているような気がした。まもなく両耳は元に戻り、ミミはまた前脚に顔を埋めた。

その後で顔見知りの挨拶に回った時、下の家の富子さんがふと言った。

「あげな所にたった一人で住んで、まあお寂しいことでしょうな」

「母が亡くなってからは、ずっと一人だから一人暮らしには慣れてます。でも夜、猫が急に耳を立てる時はなんだかハッとします」

母のことも覚えているという富子さんに、わたしはそう言った。

「古い家じゃけな、人の生死が詰まっとる。何人もあの世に旅立った人たちば見送ってきた家ですばい。そげな霊はひょこっと、自分の家に戻ってくる事がありますもんな。猫の耳はそれば聞き分けると。なあんも恐か事はなか。どうでも寂しか時は茶飲みにおいでまっせ」

そんな事が現実に生じるなど思えなかったが、ミミの耳は確かに何かの気配を察知していた。だが富子さんの言ったことは、子ども時代のある出来事を蘇えらせた。この家を出て何処に住んでいても、母はお盆にはかならずわたしを連れて生家の墓参りに戻っていた。小学校の三年か四年だったろうか、お墓参りを終えた夕方水屋の入口から八重伯母が母を呼んだ。

「夏江さん、たった今勝太郎さんを見かけましたよ。蔵の石段に腰かけて田を眺めよんなさいました」

「まさか」

母の顔がぎょっと変わったのが子どもの目にも見えた。

「誰かを見まちがえたんでしょう」

「いいえ、確かに勝太郎さんでした。浴衣を着とんなさった。近寄って声かけようとしたら、すうっと消えました」

側で聞いていたわたしにも、浴衣姿がすうっと消えるのが見えたような気がした。八重伯母は、あら、あっこに白サギが、とでも言うような当たり前の口振りで言ったから。

後で母に尋ねた。

「勝太郎さんて、だれ」

「お母さんたちの一番上の兄さん。家業は継がず学問の道に進んだ人、家族中が誇りにしていた学徒でした。でも研究半端で病に倒れ、京都から戻ってきた。あっちの離れが兄さんの病室になったけど、だあれも入れなかった。腎臓まで結核にやられて、もう手の施しようがなかったそうな。母、あんたのばあちゃんが一人で何もかも世話した」

そして口を噤んで、田の方に目を向けた。

「最後の日のことは、今も目に見える。あたしはまだ女学校に通いよった。教室で勉強中に家から迎いの者が来た。帰ってみると、医者さんの馬が桜の木に繋がれとった。呼ばれるまでは入るなと言われて、あたしは制服のまま馬の側につっ立っとった。山桜は花盛り、目白が群れて蜜吸いよる。あたしはじいっとそれを見上げながら待った。そうして、母の声。——夏江、入って兄さんにお別れ言いない——、兄さんは布団の中で白いきれいな顔になっとった」

母はもう小学生の娘にではなく、自分自身に語っていた。それからわたしに目を向け、いきなり言った。

「お八重さんは時々みょうな事を言う」

だが八才か九才だったわたしの記憶には刻みつけられた。その勝太郎さんという人が石段に腰かけて夕方の青田を眺めていた姿は、まるで自分が見たように記憶の中で生きている。

もし霊がこの世に存在すれば、八重伯母や富子さんの前には心配なくふわっと現われるかもしれない。母はそんな事を信じようとしなかった。わたしも信じることはできぬ。だが遥かな過去から幽かな木霊が呼んでいるような思いに時々包まれる。

富子さんが言ったように、この家は幾つもの命を授かり幾つもの命を見送った。


仏壇には逝った人たちの御位牌がずらりと並んでいる。知らない人たちが多いが、その中にマンションから連れてきた母のものもある。祖母の御位牌はもうだいぶ古ぼけている。その水を変え花を供えるのが毎朝の習慣になった。花はたいてい庭のもの、季節の花が次々に咲く。侘助、蝋梅、木蓮、芍薬、山法師、地に咲く花などなど、仏間に仄かな匂いをおくる。

それは小さい頃毎朝見ていた祖母の日課でもあった。御灯明を点し鉦を叩き、それから二重の背をもっと折り曲げて長い間祈った。最後に深く礼をして立ち上がった。その度によろよろっと倒れかかっては身を起こし、朝の仕事に取りかかった。

わたしはそんな事はしない。立ったまま軽く声をかける。

「お早う。朝日がキラキラだよ。もう春だね」

「お早う。田はもう一面の緑、一晩中カエルの鳴き声だよ」

「この冬初物の大根、ほら太いでしょう」

「きのう夜久しぶりにシェーンを見た。もちろんＢＳで。お母さん、アラン・ラッドが大好きだったよね」

その程度のあいさつ言葉だけだ。自分の内面を訴えたりなど決してしない。そうら、今朝のお知らせに御位牌の列が笑みになった、わたしは勝手にそんな事を思い、仏間を出る。雨の時期や寒い灰色の季節には、御位牌もわたしの心と同じ鬱々とした表情をしている。

暗い井戸の底に沈み込む時は、祖母がしていたように黙って仏壇の前に正座する。他にどうする事ができよう。井戸の遥か上空に青空の欠片は覗くが、這い上がれない。仏壇は何も応えない。それでも身近にふわりと受け取めてくれる気配を感じる。それは何という安らぎであることか…。

そんな時、ミミがひょいと仏間に入ってくる。「腹減った。なんか旨い物ちょうだい」と言うように身を擦り付ける。わたしは立ち上がる。そうして、今日がじゃが芋植えつけのぎりぎりの時だ、など思い出す。

毎朝何かを祈っていた祖母の心は推し測れぬが、一日を支えるものであったろう。

仏間の様子は住み始めの頃とは少し変わった。三年、五年と経つ内に壁には額縁の絵が増えていった。夕日に向かって丘を登る山頭火の後姿を描いた版画もある。その俳句の言葉は、「どうしようもないわたしが歩いている」。一つは日本人画家が描いた南フランスの村役場、入日の射し込む広場を親子の後姿が横切っていく。手をつないだ二人の影が長い。カトリック寺院のエッチングもある。葉を落としたマロニエの枝越しに、バロック様式のファサードが覗く。早春の林に一羽の雀が居る水墨画、木々の芽立ちには淡い草色がぼかしてある。

位牌の列はそれらの絵に対峙して鎮座する。

時にはキッチンの方から、かつては無かった妙な音もする。セロニウス・モンクのピアノ、フラメンコ歌手のひび割れた声の歌、津軽三味線の激しい撥音など。仏壇の静寂は変わらない。ミミもそんな音には何の動揺も見せない。もっとも撥の音が始まると、するっと外に出ていくが。

一つ一つの位牌は、その人の人生を秘めている。盆、正月の前に念入りな掃除をする時、それを手に取って想像を巡らす。知っている人は少ない。人生半端で倒れた見知らぬ勝太郎伯父のものは、学問への地道な情熱、そして絶望、孤独を伝えてくる。だが、必ずや母親の必死な愛情に包まれてあの世へ去ったろう。祖母のものはわたしの手の中で萎びたまあるい玉になり、柔和な光を放つ。鳥が歌うように働き七人の子を育て、家族の死を一人一人見取った祖母の背は、早い時期から曲っていたと聞く。それとは逆な人生を送ったわたしの背は、彼女が他界した年の七十三才になってもまだ真っ直ぐ、だが同じ血が自分の一隅にも流れていることに気がつく。

最後にこの家を継いだ伯父は、御位牌の中でも四角四面の顔を繕っている。仙台での学行時を除いては、ほぼ全生涯を生まれた家で過ごした。勉強中に目を患い、長期間の入院の末かろうじて失明を免れた。それから鍼灸を学び、一生の仕事にした。彼の心底からの笑い声を聞いた記憶はない。だが、その後背はよく覚えている。庭からしばしば田を眺めていたから。自分ではもう米作りはできず全てを人に任せていた家の田だったが、彼の後背はじっと稲面の広がりに見入っていた。「おじさん、何を見よるとかい」などと気軽に話しかけられない人だったので尋ねた事はないが、そうやって独り稲面の匂いや風を吸い込んでいたのだろう。

八重伯母は中年過ぎてもほっそりした体付きをしていた。薄い両肩に後継ぎの子を生めなかった嫁の負い目を荷い、いつも控えめに振舞った。あの当時の村では子のできぬ夫婦の全ての原因は、女の所為にされていた。無口で気難しい夫に黙って従い、寂しい顔で一生を過ごした。彼女の位牌は今、その重荷から解き放たれ軽やかだ。娘の頃は踊りが上手だったという。後年気が触れて入院した時も訪ねたわたし達に「今、舞台で踊ってきたばかり」と言った。今は、生きている時はできなかった事を何処かで楽しんでいるかもしれない。たとえば魂がチョウになって、天神さんの石段や小川の上で自在に踊り回っているかもしれない。

祖母の四番めの息子だった人の位牌もある。田で働くより暴れん坊の裸馬を乗りこなす方が好きで、風になって野を疾走していたと、神戸の伯父が話してくれた。ある時落馬してあっけなくあの世行きになったという若者だ。

その神戸の伯父は、今はこの世の人ではないが、変わったエピソードを持つ。親類一同から祝福されて出征、そして戦死の通知、村では名誉の戦死を称え、真夏の最中紋付袴の葬儀が主宰された。そして終戦。ところが戦死した筈の彼がひょっこり帰ってきた。漬物小屋から出てきた母親と出交し、彼女は両手の漬物を落として目を見張った。そして言った。

「よう戻ってきてくれたなあ」

わが息子の魂が故郷恋しさに生前の姿になって戻ってきたとばかり思い込んで、そう言ったという。だが、生身の息子だった。

その伯父は仏壇に自分の位牌を見て、ひっくり返って笑ったとわたし達に語った。此処の仏壇に彼のものはなく、神戸の家族の許にある。

さて、母の位牌はわたしの手の中でずしりと重い。

生前母娘の間にあった愛憎の絡み合いは、両者の胸に底なしの穴を穿った。その穴を埋められぬまま母は旅立った。だが最後に灯の明るい白い病室で、わが不肖の娘になんともきれいな笑みを残した。笑みは一つの謎になって、わたしの心に刻み込まれた。独りを通した娘の方もどうかした時に底なしの穴の存在を感じながら、一年一年老いていく。その美しい謎、それとも鋭どい痛みを抱えたままあちらの世に近付いていく。

母は七人兄弟の末っこで、甘やかされて育ったという。学問に憧れ、だが実現できなかったという祖父の血を末娘も引いていた。女に学問は不要の時代だったから、女学校を出ると上の学校への進学は許されず、代わりに師範学校に行った。鄙では一際目立つ奔放でお洒落な娘だった。モダンな服を東京の三越から取り寄せ、平気で着歩いていたという。親戚の一人などバスの中でたまたまそんな服の彼女に会うと、恥ずかしさで小さくなっていたと一度わたしに言ったことがある。黒っぽい地に赤い線の入ったワンピースは、小学校一年の学芸会でわたしが魔法使いを演じた時、竹箒に乗って舞台を飛び回る魔女の衣装になった。服だけでなく、村では手に入らぬ本や雑誌を兄たち従兄たちに頼んで送ってもらった。都会に憧れ、学問の世界に憧れ外の広い世界に憧れ、送ってもらった本を片っ端から読んだ。だが、両親の家から出ることは許されなかった。本から得た知識に湧き立つ若い精神は伝統を重んじる家から溢れ出し、村の地道な暮らしには目を向けず、外へ、もっと自由な世界へと向かった。だが、現実にはその暮らしから出ることはできなかった。

そんな時、休みで帰省中の大学生と知りあった。大学生は村にはないもの、知的で自由な世界の雰囲気を持っているように見えた。娘は恋に落ちた。ブレーキの効かぬ無我夢中の恋だった。東京へ帰る大学生について、二人は駆落ち同然に故郷を出た。

その出来事はたちまち知れ渡り、村をはみ出し近隣に広まった。打ちのめされた両親は、家名と地道な暮らしを踏みにじった末娘を勘当した。

数年経って娘はうらぶれた姿で生家へ辿り着いた。歩き始めたばかりの子を連れていた。

その出来事を聞いたのは、わたしが高校生の頃だった。親戚の一人から知らされた。彼は何も言わなかったが、そのよちよち歩きの女の子がわたしであった。

母は思いのままにわが人生を突っ走っているように見えた。周囲への細やかな気配りを知らずに育った人だから、言いたい事を言いやりたいように行動し、わが感情をその場で発散した。きっと、物言えぬ従順さに慣れている女たち、ことに八重伯母にはずいぶん厭な思いをさせていた事だろう。

その気質は一生変わらなかった。自分でも変えたいと願っていたが、できなかった。それ故に、娘は小さい頃から母親に心を閉ざし、母はそれに焦立ち心の深い部分でわたしよりもっと傷ついていた。

それなのに時々、顔いっぱいに広がる笑顔のなんと無邪気で晴れやかだったことか。

晩年のある日、独り言のようにひょいと言った。熟れたイチジクを食べながら。

「だあれも支えてくれる者は居なかった。いつも独り。ひとりで闘ってきた」

両手の中の位牌を見まもり、胸は痛む。母のことを本当は何もわかってなかった事に、わかろうとしなかった事に。

父なる人の位牌は無い。

「千恵ちゃん、そげん泣けばあっちの谷向うからマヨタが覗くばい。泣く声がすれば、直うぐ寄ってくるけな」

泣き止まぬ子に、祖母は静かに言う。泣き声はぴたりと止んだ。マヨタという言葉はいつも幼い子に大きな力を発揮した。だが、祖母の顔は悲し気だ。孫の気持ちはよくわかる。よちよち歩きの子が本当に要るのは、甘い万十でも母ちゃんの叱り声でもない。黙って抱き上げてくれる大きな強い手、頬摺りしてくれる優しい髭面、孫の泣き声を静めるのはそんなものだ。萎びて弱くなった婆ちゃんには、もうそげな力が無か。

それでも泣き止んだ子を膝に抱き、子守り歌の口調で語りかける。

「そうら、マヨタはもう行ってしもうた。お天道さんも仏さんも、こげなかわいい千恵ちゃんば、いつも見てござる。安心しない」

わたしの最初の日本語は祖母との世界で萌したものだが、マヨタはその一つである。「迷うた」は死後の世界に行き着かぬまま、何かを捜してこの世をさ迷う霊という意味を持つのだろう。祖母はその不憫な霊をマヨタと呼んだ。

お天道さんも仏さんも、そしてかんじんどんも同じ口調で言った。

かんじんどんは家の三人の大人たちが出払う昼間、坂を登ってやってきた。小さな子は祖母の腰にしがみついて、匂いを放つ異様な姿を見守った。恐かった。男か女かわからぬ人たちは食べ物や小銭を受け取ると、二重に腰の曲がった祖母よりもっと腰を屈めて礼を言った。そして山寺の方へ立ち去った。たいていのかんじんどんは頭を垂れ対手の目を見ようとしなかったが、片腕のない人は違った。来れば、門の脇で二人は話し込んだ。祖母はずっと上の方にある髭もじゃの顔を見上げながら話を聞き、何度も頷いた。そうして、「ほんにきつかろうな」と言った。片腕のないかんじんどんは、まじまじと見上げる小さな子にふっと笑顔を向けて去った。

大人たちは彼らのことを、人間の滓、物もらいと言ったが、祖母はいつもカンジンドンだった。そこで孫も異様な姿が坂を登ってくるのを見ると、「ばあちゃん、カンジンドンが来た」と教えた。祖母も孫に教えた。

「千恵ちゃん、よう覚えときない。カンジンドンはこの世でとうてもきつい目に逢うてきた人たち。そげな者に酷い仕打ちすれば、かならず罰被る。仏さんはいつも見よんなはるけな」

意味はわからずとも、その目と口調は子どもの意識に染み入った。「バチカブル」という言葉もいっしょに覚えた。

だが一人で居る時彼らがやって来れば、わたしは逃げ出した。なにより異様な姿が恐かった。そして仏さんが見たかもしれないと思って、そっと天を見上げた。

「ほんに男はなんもわからん」何かの弾みに度々口にされた言葉も孫に移った。

「ホンニオトコハナンモワカラン」意味不明の語句を、わたしは楽しい歌の節回しにした。その調子が気に入って、突拍子もない時大声で歌った。一度それを聞いた母にこっぴどく叱られた事があった。

「何もわからずに生意気な事言うもんじゃありません。この子はもう」

母は恐い顔で言ったが、祖母の口調はそんなに悪いことには聞こえなかった。

「おやまあ千恵ちゃんは、又こげな悪さして。見てみない。障子が穴だらけ。ほんに仕様がなか」と言う時の口振りだったから。

小さい頃の言葉に耳を澄ますと、その一つ一つに祖母の暮しの歴史が滲んでいるのを感じる。どの言葉も当時の家の気配にくるまれて現れてくる。わたしの日本語の根底には祖母の生活感が遠い木霊になって残っているかもしれないと考える時、自分の狭い世界がほんのり豊かさを帯びる。

祖母の知らない言葉もあった。その頃はもう腰が立たなくて寝部屋に臥っている時の方が多かったが、ある朝わたしは大喜びでその枕元に飛んでいった。

「ばあちゃん、サンタクロースからもらった。ほら」と、古ぼけた絵本をさし出して大声で伝えた。

「あら。サンタクロースて何かな」

「お母さんが言った。ばあちゃんと一緒にお利口にしとったから、サンタクロースがごほうびに持ってきたって」

「あたしの所には何も持ってこんやったばい」絵本を手にとって言い、そして呟いた。「サンタクロースのなんの。おおかたあの碌でなしの大学生が…」と言いかけ、孫の顔を見て口を噤んだ。

「ろくでなしのダイガクセイって何」と尋ねようとして、わたしも口を噤んだ。仰向けのままじっと天井を見ている祖母の顔は、見知らぬ人に見えた。

「ばあちゃんの顔、なんか恐い」と孫に言われて、「ごめんな。あの時の事は今も胸ば突き刺す」と、布団に顔を埋めた。そのまま口を開かなかった。

代わりに母に尋ねた。

「ろくでなしのダイガクセイって何」

一瞬、母の顔が変わった。

「誰が言った、そんな事」

「ばあちゃん」

しばらく黙り込んだ後で、答えた。

「亡くなりました。話す時が来たら話します」

だが、母娘の間でそのテーマが取り上げられる事は二度となかった。

サンタクロースがくれた本は、直ぐに子どもを虜にした。いつも持ち歩き、夜は母に読んでもらいやがて文を丸暗記した。そうして臥った祖母にも昼寝の野良猫にも読んで聞かせた。絵の方は記憶に残ってないが、ストーリーは鮮明に覚えている。

深い谷間を隔てて向かい合う赤い光と男の子の話だった。ふしぎな色は向う岸の同じ場所に現れた。背後の山に日が沈む頃、決まってやって来た。男の子はその時になると戸口に腰かけて色の出現を待った。谷を隔てた目の前で、その赤は黙々と光を増し真紅の炎になって燃え、そして忽然と消えた。雨の日や曇った日は出てこなかったが、晴れた日はかならず現れ魔法の宝石になって輝いた。男の子の想像はしだいに膨み、すぐ間近からその謎の光を見たくなった。ある日、両親には黙って家を出た。村から遠い橋を渡り、谷に沿った道を辿り不思議な物が現れる場所に着いた。自分の村と変わらぬ家が幾つかあるばかりで、その他には何も無かった。一つの家の大きなガラス窓から女の子のびっくりした目がこちらを見ているだけ。男の子は待った。ちょうど谷向うの山に沈む夕日を浴びて、ガラス窓は眩しい光になった。それだけ。あの美しい宝石は現れなかった。子どもはがっかりして、自分の家に帰った。

だが次の日、赤い色はやっぱりやってきた。刻一刻輝きを増す真紅、そして燃え上がり不意に消える。後には静寂。

物語はそこで終わっていた。

作者名もどこの国の話かも不明。只、そのストーリーだけが残った。今ではかけがえのない幻の一冊になっている。

サンタクロースのプレゼントは、その後もずっと続いた。それが母からの物だと知った後も続いた。たいていは本だったが、二回めからは開くと紙の匂いがする新品になった。

誰かの手垢がついたあの最初の本は、子どもの胸に文字の世界への興味と見知らぬ世界への憧れを植え付けた。小学校に入り学年が上がるにつれ、本への関心は増していった。幾度か転校したどの学校の図書室にも世界児童文学全集があったので、片っ端からそれを読んだ。小公子、三銃士、怪盗ルパン、乞食王子など好きな物はくり返し読んだ。どんな時も大切な仲間だった。今も変わらない。

仕事を早めに辞め、母が他界し、独りになった時、スペイン語を学び始めた。なんとか習得するのに何年もかかったが、好きな詩人や作家たちを彼らの言語で読むのは楽しい。ロルカの詩も「百年の孤独」も原語で読むと文章が生命を帯びる。ちょうど幼い頃身につけた祖母の言葉のように、その生活感や歴史が匂ってくる。もっとも彼らの言葉で読む時は、時間がかかるし辞書も要るが苦痛ではない。

　本が読めぬ状態が来たら、記憶に残る詩句や文がどんな形でか現れてくるかもしれない。混沌の薄闇の奥で遠い星になって点滅したり、きれいな色のかけらになって頭の中を飛び交ったり。

　ミミが昼寝する、時が止まった家の静寂の中で初めて気がついたこと、文字の世界への興味は、母が、そして父なる人がわたしに残した一番いい贈物だった。


　明かり取りの窓から陽が射して、寝部屋に光が入ってきた。万年床に横わる祖母の傍で遊ぶ子どもは教える。

「ばあちゃん、お天道さんが来た」

「ほんに。この布団にも陽が当たりよる。なんまいだ。なんまいだ」高窓に来た日に祖母は呟く。まだ元気だった頃対岸に入る日に両手を合わせていた時のように、なんまいだと唱える。お日さんはほんの短い間だけ寝部屋を覗く。それから西に向かって谷を渡る。

「今年も柚子の実が熟れた。あたしもまあだ生きとる。じゃが、もう千恵ちゃんに柚子万十は作ってやれんな」

　孫も上を見上げる。黄の実が一つ窓の陽の中に見える。柚子の木は石垣と寝部屋の壁の空き地で、光に向かってひょろ長く伸び高窓に枝をさし出した。やせ細った木はそれでも毎年実をつける。祖母はそれをいで柚子万十を作った。わたしの大好きな物だった。

「ばあちゃん、お天道さんが消えた。此処はなんか寒い」

「庭はまだお日さんがいっぱい。外で遊んで来ない」

「此処がいい」そしてふっと思い出して言う。

「きのう、かんじんどんが門の前ば通ったばい。ばあちゃんはどげんしとるて尋ねたから、ずっと寝とるて言うた。そしたら山寺の方へ行った」

「今はかんじんどんが来ても、なあんもや遣れん。何も持たん。誰の役にも立てんぼろになってしもうた」

「かんじんどんは、ばあちゃんに会いたいて言うた。一本腕の人」

祖母は布団の中で黙って涙を流した。涙が一つ、又一つ仰向けになった顔の皺を滑って布団に落ちる。孫はびっくりしてその涙を見守る。

「ばあちゃん、どうして泣くと」

祖母は答えない。そうして手の甲で涙を拭くと言った。

「千恵ちゃん、すまんが水ば持ってきてな」

孫は水屋の裏から湧き水を碗に掬って持っていく。祖母の顔はもう泣いてはいない。よっこらしょと掛け声かけて上半身を起こし、受け取った水を飲む。

「ああ、千恵ちゃんが汲んでくれたこの水の旨さ。胃の腑に沁みていく。ありがとな」

だが、半分くらいは零れる。万年床がそれを吸いこむ。

「ばあちゃん、なんかおしっこの匂いがする」

「ごめんな。襦袢が濡れとる」

「大人もおしめすると」

「老いぼれ果てて自分で小用行かれんば、襁褓が要るようになる」

「なんで行かれんと」

「あい、脚も腰ももう立たん。もう這うて憚りに行く力が無か…。ほんに口惜しか。何に罰被ってこげな厄介者になったもねろ」

「ふうん。あ、ばあちゃん。小鳥。あっこ」高窓に止まった鳥に気づいて、子どもは声を上げる。

小さな、目の回りが白い鳥は、嘴でちょいちょいと柚子の実を突く。

「目白ばい」祖母も窓を見上げて言う。だが直ぐに飛び去った。実の背後に空の青が広がる。

「もう夕方の色な。八重さんもそろそろ帰ってくる。帰ってきたら襁褓変えてくれるようお願いせんば…」

布団の中で祖母の声はだんだん細まり、とても悲しそうな顔になった。

「人間は順ぐりにこうなる。じゃが、なってみて初めて辛さがわかる」

孫はもう聞いていない。匂いを放つ布団の横にごろっと寝っ転がって、覚えたての字を書いたりぬり絵をしたりしている。

「この家のおっ母さまもそうじゃった。そりゃ気の強か喧まし者で、あたしはどげん苦労した事か。千恵ちゃんの祖父さまには先妻さんがおったがおっ母様と気が合わず、子どもができる前に離縁された。後入りにきたのがあたし。七人の子どもば育てたが、二人は親より早うあの世に行った。末っこの綾、千恵ちゃんの母ちゃんはおっ母様の大のお気に入り。あの娘の御洒落癖はおっ母様譲り。

町に出る時ゃ度なしの金縁眼鏡かけて、念入りに打っ立っては何回も鏡見て、それから出かけるようなお人やった」

言葉はすうすう風になって孫の耳許を掠めていく。祖母の声は続く。

「おっ母さまが寝付いてからは、日に何回か襁褓代えたり体拭いたり、やっぱりこの寝部屋じゃった。あたしの事はいつもアキと呼び捨てやったが、ある時布団からアキさんと改まった口調であたしば呼んだ。あたしも改まって側に座った。

——あんたは良うこの家に尽くしてくれた。あたしがこげな身になってからも、前と同じ人間なみに世話してくれる。今はそれが芯から身に沁みる——

うれしかった。どげんうれしかったか。あたしの一生の宝物」

子どもにわかる話ではなく、孫は鉛筆を止めて不意に言う。

「ばあちゃん、腹減った。なんか食べたい」

「待ちない、もうちょっと…。

今じゃ誰もが忙しか。時代が変わってしもうて、自分たちの事だけでせいっぱい」

孫は半分眠りかける。寝部屋はもう薄暗い。と、引戸の開く音がして、八重伯母が帰ってきた。孫は目を覚ます。

「おばさんが帰ったばい。おしめ変えてて言おうか」

「あい、黙っときない。帰ったばかりで忙しか。夏江が帰ってきたら頼むけ。黙っときない」

さっきそう言ったのに変だと思いながら子どもは黙る。

八重伯母は呼ばれない限り寝部屋に入ることはなかった。やって来ても固く唇を結んで言われた事を済ますと直ぐに出ていった。寝部屋は代々死に逝く者の場所、その匂いが染みついている。

子どもは口を開く。

「あのね、ばあちゃん。おばさんはお母さんが嫌いよ。千恵の事も嫌いよ」

「……」祖母は天井に目を向けたまま何も言わない。

「おばさんが千恵に言うたよ。あんた等は何時までこの家に居るつもりかい、ほんに顔が、あ、違うつらの皮。親も子も面の皮が厚いいて恐い顔したよ。ばあちゃん、何の事かい」

「あい、いつかは起こる事がとうとう表に出てきた。あたしがこげな身になってからは、家の内はようとガタガタ。そっでも今の夏江には別所帯持つ力はなか。あたしも今は千恵ちゃん達ば守る力はなか。其処か厄介者になり果てた。わが身が情のうてたまらん」祖母の顔はくしゃくしゃに崩れる。

「じゃが…」孫を見る二つの目が優しく光った。

「あたしの命がある限りは、千恵ちゃんば追い出したりは決してさせん」

孫もびっくりしてその目を見守る。訳はわからずながら、その深とした強さが子どもにも伝わってくる。そして安心する。

日が暮れて八重伯母の次に帰ってくるのが母、母だけが今帰りましたと声掛けて入り口の引き戸を開ける。走り出てきた子どもと一緒に大きな荷物を持ったまま寝部屋の祖母に挨拶し、襁褓を変える。子どもが水を運んできて、母は股座にくっついた便を拭き取り乾いた古布を当てる。

「ああ、生き返ったような気がする」

その度に祖母は同じ事を言い、笑顔になる。汚れ物の洗濯は後回しにして、母は夕飯の仕度に取りかかる。親子用の小型かまどは水屋ではなく、土間の片隅に置かれていた。母は小走りに井戸とかまどを行き来し、火を焚き付ける。やがて暖かい匂いが立ち登り、母の機嫌がいい時は子どもも火の前にしゃがんで、出来上がるのを待つ。嘘ついたり悪い事した時は蔵に閉じ込められ、泣こうが喚こうが開けてもらえなかった。薪をくべながら、母は壁越しに水屋の八重伯母へ話しかける。母の声はよく通り、どこに居てもはっきり響く。壁の向うからくぐもった声が「はあ」とか「そうですか」とか短く相づちを打つ。子どもは直感的に知っている。かまどに揺らぐ火を見ながら誰にも邪魔されず煙草を吸うのが、おばさんの楽しみなことを。薪の炎は低い音をたて、その前にしゃがんだ伯母の背は動かない。子どもだったわたしの目は何度かそれを見た。この家に住んでいた時も、その後母に連れられて盆正月の墓参に来ていた時も。かまどの前は八重伯母の聖域だった。炎の動きに目を向けながら、娘時代の幸せだった時に沈む――。両親と兄たちの居た子ども時代。泉水があって、年に一度みんなで泥さらいをした。鯉がぴちぴち跳ね、父の顔も兄たちの顔も泥だらけ。あれはわが家のお祭りの一日、母と一緒に小鳥みたいに喋りながら庭の草取りした時のこと。娘時代、村祭りの度に踊ったあの舞台、律儀な両親の許で育ち地味なおとなしい娘だったが、舞台で踊ると姿が一変した。何かが解き放たれたように、気持ちも体もつぶつぶとそそり立った。そして、村の若衆たちの燃える目を感じた舞台裏の闇。

「今日な、電車の中で男の人がいきなり血を吐いて倒れ大騒動でした」

義理の妹の声が壁越しに話しかけ、八重伯母は現実に戻る。「そうですか」相づちを打ちのろのろと立ち上がる。――不義の子を連れて戻り今はこの家で大手を振って暮らす義理の妹に、不満は積りに積っていく。だが、面と向かっては言えない。言葉にされぬまま、胸の底に重く溜まっている。――

最後に帰ってくるのが伯父、やっぱり無言で入ってきて中折れ帽を脱ぐ。普段着に着替えると、まず風呂に入る。五右衛門風呂は水屋の脇に取り付けてある。夕方毎に伯母は竹筒を取り付けて井戸水を入れ薪を焚き、家の主が帰ってくる頃は湯気を立てて待っている。祖母が元気だった時も、一番風呂は伯父のものと決まっていた。

夜、茶の間の灯の下で卓袱台を囲んだ夫婦と親子の夕食が始まる。寝間から膝行ってきた祖母も加わる。わたしの目は伯父の皿に置かれた厚焼卵や珍品に止まるが、千恵も欲しいなどとは決して言えない。話すのは母だけ、その日の闇市で見た珍しい出来事を披露する。どこかのおじさんとおばさんが人混みの中でいきなり取っ組み合いの喧嘩を始め、その隙に栄養失調という名の青い子が店頭の物をかっ払って逃げる、その早技は見事なもんだと母は言った。パンパンという女が背の高いアメリカ兵と腕組んでやってくる。持っていたチョコレートを顔の青い子に「お食べ」とさし出したり、この家では聞いたこともない出来事や言葉が出てきて、子どもには楽しい。一番わくわくするのは警察の手入れ、その知らせがくると売り手たちはクモの子になって散らばり姿を隠す。警察が行ってしまえば、又ぞろぞろ姿を現す。子どもは目を輝かせて聞き、伯父も伯母も黙々と箸を運ぶ。

母の声が止むとラジオの音が高くなる。子どもの目は物を噛むおじさんの顔に移る。ぷくっと膨れた片頬が生き物のように動き、小さな塊りがゆっくり喉を下りていく。おもしろい。おばさんは目を伏せてそっと食べる。風の吹く夜は風の音に囲まれ、時には売られた子を恋う母牛の声が下の村からしてくる。

笑い声のない食卓だった。

ある夜母がいつまでも帰ってこない事があった。八重伯母は夫婦の食卓でわたしにお握りを作ってくれた。熱い大根と竹輪の煮付けもつぎ分けてくれた。寝部屋から祖母の声が夏江の身に何かあったんじゃなかろうかと何度も問いかけた。伯父もその夜はラジオの前に腰を据えず、何度も茶の間と入り口を行き来して庭を窺った。引き戸を開ける度に、闇と星空が家の中に入ってくる。夜は更け、不安がしんしんと家をとり囲んだ。

引き戸の音と同時に、わたしは戸口に走った。首うなだれた母の姿が入ってきて、敷居に突っ立った伯父を見るとわっと泣き出した。泣きながらいつもの習慣通り、鍋のないかまどに火をつけた。中の間に躄り出てきた祖母も伯父夫婦もわたしも、わあわあ泣き続ける母を驚いて見守っていた。

薪をくべながら、母はやっと話し出した。

「何時間も警察に止められてました」と着物の袖で涙を拭いた。

「まるで赤線の女を検挙したような扱いぶり。あたしをお前呼ばわり。口惜しゅうて――。おまけに給仕までさせた」と、びしっと薪を折って火の中に投げ入れた。

「給仕は女の役目、なんも腹立てることはなか」土間に続いた中の間から、祖母が穏やかに言う。

そんな言葉には耳を貸さず母はがむしゃらに自分が受けた仕打ちを話し続ける。そして最後に言った。

「巡査の一人が言いました。――お前、五体満足の立派な体つきしとるのに、こんな薄汚ない商売せんで真面目に稼いだらどうか――と。あたしはその目を真っ直ぐに見て言い返した。――今の世に女が一人で子ども育てていける真面目な仕事があるなら、教えて下さい――」

なぜか、母の言ったその言葉ははっきり覚えている。今もこうやって考える時、薄汚ない仕事は別にして巡査の目をまっ直ぐに見て言い返した母の姿に拍手したくなる。

その頃は母は生家の蔵の櫃に放り込まれていた娘時代の着物や服を米に変えては闇市で売り、小物を手に入れて行商をしていた。何度か危い所で警察の目を逃れながら続けていた。伯父は妹のそんな仕事をきっと恥じていただろうが、口には出さなかった。

警察に捕まった日の翌日も、母は朝の内に門を出て日暮れてから大きな荷を持って帰ってきた。

庭で梅の花が咲き出し、ホーホケキョの鳴き声がぽつりぽつりと始まった。祖母はもうあまり話さなくなり、たいていはきつい匂いを放つ布団に顔を埋めている。孫はやっぱり傍に寝転がって、母がくれた帳面に覚えたての字を書いたり絵本を見たりして過ごす。

「千恵ちゃん、あい、千恵ちゃん」弱々しい声が呼ぶ。

「なんかい、ばあちゃん」

「ああ、居ったな。よかった」

そして又布団に潜る。子どもには何冊か本が増えた。母の依頼で遠くの伯父たちがわが子らが読んだ絵本や漫画を送ってくれた。子どもは夢中になって読む。時々は祖母にも聞かせようと一字一字声に出して読むが、布団に隠れた祖母の体は動かない。

「千恵ちゃん」薄い白髪頭が布団から出る。

「なに、ばあちゃん」

「あのな、たった今蓮華田ば転げ回ってきた。花の上ばころりくるり。花の匂いがあたしにも移った」

言い終わると直ぐに目を瞑る。

庭も孫の遊び場所、退屈すれば木に登って下の世界を見下ろす。母は「木登りなんかするもんじゃない。池に落ちでもしたら、助けてくれる者は居ない」と禁じたが、わたしは木登りが得意だった。木の高い所から、冬であれば裸の枝越しに普段は見えぬ谷間の内側が覗く。奇妙な形の岩が折り重なっている。遠くの畑でだれかが麦踏みしている。綿入れを着た二つの姿がカニの横這いになって麦芽を踏んでいく。子どもは猿になったつもりで、枝の間からキャッキャッと声を出す。麦畑を行きつ戻りつする二人は、顔も上げない。鳥にもなって、ホーホケキョ、ホーホケキョと鳴けば、どこかから本当の鳥がホーホケキョと鳴き返す。

稀には対岸の段々畑に子どもの群が小さく現れ、全員両手をラッパにして怒鳴る。

「山猿やーい。知っとるかあ、大柿の者はバカばかり」

大柿というのはこの辺りの小字名のこと、こちらに向かって一斉に囃し立てる。一人ぼっちの子も両手をラッパにして怒鳴り返した。

「やあい。知っとるかあ、そっちには迷たが出るとばい。泣く子ば摑まえに来るとばい」

そうして、どんな時も味方になってくれる祖母の許へ逃げ込んだ。

「ばあちゃん、ばあちゃん」駆け込んできた孫に祖母は言った。

「あい、千恵ちゃん。田植えが始まったな。泥水の匂いがする。お天道さんに温められて、ああ、良か匂い」目を瞑ったまま寝部屋の匂いを吸い込み、孫には何のことかわからない。

「あっちもこっちもカエルの声。見てみない、早苗の間ばすいすい泳ぎよる」と首を伸ばして周りを見る。子どもも一緒に見回す。冷え切った寝部屋のあちこちに、見えないカエルがすいすい泳ぐ。祖母の萎びた顔はうれしそうに笑う。

現と幻覚をさまよう祖母の傍で、自意識の生まれかけた子は奇妙な裂け目に引き入られた。

「千恵ちゃん、ちえー」悲鳴になった声が呼ぶ。

「ここに居るばい」

「あたしは、まだ生きとるどか」そして布団に潜る。解れた白髪がはみ出して、祖母の体は小さな黒い膨らみになっている。子どもの目はじっとその塊りを見る。

夕飯の膳にはもう出てこれない。枕許に置かれた盆の食べ物もほとんど手をつけない。八重伯母は伯父の鍼灸院を昼までに切り上げ、今では時々寝部屋に顔を出す。

夜、卓袱台の周りでそれぞれの仕事を終えた大人たちが黙々と箸を動かす。母はもうあまり話さない。寝部屋の死が間近い事をだれもが感じている。そうなれば自分たちはもうこの家に居れぬ事を母はよく知っている。

棚の上からラジオが「赤いリンゴにくちびる寄せて」と歌い始め、子どもは浮き浮きする。大好きな歌、「黙って見ている青い空」次の文句をラジオと一緒に歌いかける。「止めなさい、千恵」母のきつい声が飛び、ラジオだけが歌い続ける。大人たちのぴりぴりした緊張感は子どもにも伝わり、いつも味方になってくれる祖母の所へ行きたくなる。だが子どもも知っている。「良かよか。悪かことしてもばあちゃんには大事な千恵ちゃん」など、祖母はもう言ってくれないのを。

そんなある夜、子どもの目は一瞬寝部屋に通じる板戸に釘付けになった。

一枚の板戸がそろそろ開いてやせ細った両手が突き出され、白髪と肩が這い出して祖母が現れた。三人の大人たちはぎょっと目を凝らした。祖母の姿は中の間の畳を這いながら、途中で頭を上げた。両肩で息をする喘ぎの音が緊迫した沈黙の中にはっきり聞こえた。

「あい、あたしはもう死んだろうか、生きとるどか」凍り付いた三人の大人に向かって弱い声が尋ねた。子どもはあの迷うたが祖母に化けて出てきたと思った。

「おっ母さん」最初に声を発したのは伯父だった。

「あい、自分じゃわからん。どっちつかずの迷うたになった」

伯父は立ち上がった。

「迷うたじゃなか。おれ達のおっ母さんばい」と言うと、毀れ物のように小さな体をきょいと両手で抱き上げた。

「おっ母さん、寝床に戻りまっしょ」

祖母は伯父の両腕の中で直ぐに眠り始めた。だが布団に寝かせようとした時、「お八重、蔵から客用の布団出してくれ。この布団には寝かせられん」伯父は茶の間で呆然としている伯母と母に向かってどなった。

樟脳の匂いがする厚い布団が運び込まれ、祖母はその中に横たえられた。伯父は布団の横に正座した。二人の女が寝部屋を出ていった後も動かなかった。祖母は赤子のように小さな顔でスースー眠り続けた。そのすぐ側で膝に手を置いたまま、じっと頭を垂れた伯父の姿を、子どもは横からふしぎな気持ちで見ていた。

翌朝、祖母は花柄の布団の中で眠ったまま息を引き取っていた。

一連の弔い法事が終わった後、母はわたしを連れてその家を出ることになった。娘時代に取得した教員免許状のおかげで、四月からある小学校に働き口が決まったから。

引越しの朝、親も子も新しい服に着替え家を出掛かった。門先まで見送りに来た伯母は、親子が道に出たとたんいきなり泣き始めた。母も浮き浮きしていた子も驚いて立ちすくんだ。子どものような泣き声が後から後から細い体を突き上げて噴き出した。茫然と立っていた母は、そのしゃくり上げる肩に手を置いた。

「お八重さん。長い間ありがとうございました」と言った。泣きじゃくりながら伯母も頭を下げた。

わたし達はバスの停留所に向かい、ふり返る度に坂の上の伯母の姿は小さくなった。

子どもは歩きながら尋ねた。

「おばさんは何で泣いたと」

「わからん。でも溜まりに溜まった胸のもんは、どんな形でか噴き出してくる。あの晩のばあちゃんもそうだったのかもしれん」


時々ミミの鳴き声が恋しくなる。「腹へった」「今帰った。ここ開けて」「ちょっと邪魔、退いて」ミミは声の調子でそんな言葉を伝えた。

もう、あのニャンを聞くことはない。

だがこの家の静寂に耳を澄ましてみると、自分は全くの一人ではないことを感じる。独りなのだが、ふわっと暖かいものが身の近くに有る。外部から来るものか、身の内に湧くものかわからぬけれど。祖母と過ごしたあの空間、互いにうまく表現できず傷つけあうことの多かった母の愛情、その母と見知らぬ父が残してくれた本への興味、それらは厳存している。少なくともわたしは無駄に生まれてきたのではない。自分の血の中には、祖母のおおらかな命、母のがむしゃらな生、父なる人の見知らぬ命が混じっている。耳を澄ませば微かにかすかにそれが伝わってくる。

おばあさんの笑い

村の入口にある榎の大木の側に車を置くと、梓子は深く息を吸い込んだ。空気には見知らぬ感触が混じっていた。およそ三十年前に四年間住んだだけだから、年を取ったわたしの顔を見ても思い出す人は居ないだろうなと考えながら、梓子は村に入った。

椿の木叢を通り過ぎれば、雑貨店がある筈だった。そこにはいつも無愛想な老人が店番していて、牛乳やら洗剤やら買う度に突っ慳貪な口調で金額だけを言った。ありがとうも、又どうぞも言わなかった。日常品を買えるのはその店一軒きりだったから、梓子はほぼ毎日そこに立ち寄ったものだった。

だがその雑貨店は消え、伸び放題の竹むぐらに覆われていた。周りには橙やグレーのスレート屋根が並んで、久しぶりに入る村は古く朽ちていくものと新しく伸びていくものが入り混じっているように見えた。

その先の四辻まで来ると、梓子の眼前にかって見慣れていた光景が広がった。前と同じように丸い顔の六地蔵が澄ました顔で秋日を浴び、真正面に俵山、その山麓に散らばる小さな村々も秋日の中、熟れた稲田、道はその間を曲がりくねりながら、山に向かって登っていく。地蔵さんの足元を流れる井手の音は光の乱舞になり、明るい静寂の中を転がり続けている。

二百年前もそうであったろうし、五十年後も変らぬだろう時の佇いがそこにはあった。

おばあさんの古い家は、その道沿いにある筈だった。記憶の中で往来に面した入口の引戸には、いつも陽が当たっていた。一日中陽を浴びて温もっているその引戸は、時々夢の中にも表れた。軒先まで枝を伸ばした松の木が遠くからも見えた。

だが、記憶の光景と一変して目の前に表われたのは、モダンな庭と小綺麗な家だった。芝生の庭に犬小屋と赤い自転車、洗濯物が干されていた。キッチンのドアが開きかけて、梓子はハッと目を凝らした。出てきたのは、見覚えのない中年の女だった。洗濯物を取り入れながら女はちらちらと梓子に視線を走らせ、それから尋ねた。

「何か御用でしょうか」

「いいえ、用ではないんですけど。此処に昔、四人の女の子が居てもしかするとその中の誰かじゃなかろうかと思って、つい見てました。御免なさい」

女はもう一度白髪混じりの地味な他所者を点検して、曖昧に言った。

「はあ、そうですか」

「もしかして御存知じゃないでしょうか、その人たちの事を」

「うちは十四年前にこの土地を買い、越してきただけですから、全く存じません」

「失礼しました」

近所の家々も全く変わっていた。

およそ三十年前、梓子はその家の離れを借りていた。庭を隔てた母屋には、おばあさんと四人の孫、その母親が住んでいた。

おばあさんはその家がもう百年以上も経っているのにびくともしない事を、誇りにしていた。家もおばあさんの存在を照り返して、時々独特な表情を帯びた。

子ども達の母親は朝早く車で服の商いに出かけ、夜に帰ってきた。朝毎におばあさんは決まった言葉で娘を見送った。

「くれぐれも気をつけて運転してな。四人共まだ小さいとじゃけ。お母さんにまで万が一の事があったら、わたしの体じゃもう役に立てんばい。わかっとるな」

夜、灯の映る障子越しに、「ただいま」という声がすると四つの声が一斉に「お帰り」と答え、部屋の中が活気づいた。

子どもたちの父親は白い骨壷に入って、仏壇に置かれていた。

「八重子がどうしても承知しませんのでな。お父さんの分骨は、お墓には入れず家の中ですたい。どっちがいいか本人に尋ねても、返事はありません」

ある時とても不思議に思って尋ねた梓子にそう答え、ホッホと笑った。

六地蔵の居る四辻に引き返しながら、梓子は淡い翳を含んだあの笑い声を思い出した。何かを言いながら多分微妙な陰が胸を走った時、おばあさんはその笑い声をつけ加えた。いつの頃からか身についた習性になっているようだった。

往来に射す光は、もう夕方の色を帯びていた。家々の間から熟れた稲穂の匂いが微かに漂ってきた。四辻の西側にあった美容院は、モダンな白の家に様を変えてまだ残っていた。ちょうど庭先に干されたタオルを取り入れていた中年の女性に、梓子はあの家の事を尋ねてみた。結婚して此処に来たというその美容師は、あの親子の事を覚えていた。あの人たちが村を出ていってから、もう二十年以上経つだろうと言った。長女は少し変った娘だった。学校を終えると、染色の勉強とかでインドに渡り、そのまま帰ってこないらしい。下の三人は結婚してそれぞれ子供が居るということだ。お母さんの方はさあ、どうしてらっしゃるでしょう、知りません。あの屋敷は大阪に居る長男の所有だったとかで、古い家は壊され売りに出されました、うちのばあちゃんからの又聞きですが。

そこに客が来て話は打ち切られた。

梓子はこのまま車に乗る気がせず、俵山に向かう道を歩き始めた。


梓子がおばあさんと最初に会ったのは、四月の初め新しい赴任地の小学校を訪ねた時だった。挨拶の後直ぐに、校長先生は新任者用に捜してあった借家へ彼女を案内した。初めて入る村の正面には俵山が春日を浴びて立ちはだかり、道沿いの家々はその照り返しに包まれていた。校長先生はこの村で生まれ育ち、わが村の小学校で退職を迎えようとしている人だった。

「此処は元来が穏かな農村でしたが、今は誰もが務めに出るようになって、生活も人情も変ってしまいました。寂しいもんです」

長閑かな口調でそう言い、四辻で立ち止まった。日溜りの中に、六地蔵が立っていた。

「この地蔵さんは、いつ頃からか誰も知らんが、ずうっと此処に立っとります。若い頃は他から帰って来た時なんか、この姿に会うと、ああ故郷に戻ってきたという気になったもんです」

そのすぐ下を、水が流れていた。石を組み込んだ井手の中を水は光の煌めきになって通り過ぎていく。

この水は、子どもの頃まで大切な生活用水だった。先人達の苦労で俵山の方から引いてこられたものだ、校長先生の説明は続いた。

道沿いの垣根から山椿や連ぎょうが花盛りの枝を伸ばし、村は一見平和に見えた。

往来に入口を向けた古い家の前で、彼は立ち止まった。左手に大きな松の木があった。

「此処です。この戸はちょっと技術が要りますもんな」

と言いながら、一旦軽く持ち上げてから板戸を引いた。二つ三つ亀裂の入った重い板戸は、軋み音を立てながら開いた。仄暗い土間に大黒柱と底光りのする板間が見えた。

「こんにちは、ばあちゃん。居んなはるか。新しい先生ばお連れしました」

校長先生は声を張り上げた。応えはなく、土間の奥で開けっ放しになっている戸口から、日に輝く緑の庭が覗いた。

「そんなら裏に回りましょう」

右手の車庫を通り抜けると、そこは若葉の映える庭だった。真中で大きな桜が花盛りになっていた。池の向に離れがあった。開け放された縁側で、白い障子戸にも日が当たっていた。

「これです。ちいっと古物ですが」

　校長先生は勝手に縁側に上がり、障子を開けた。そこには襖に区切られて二つの部屋があった。新任者用は西側、東側は来客用という事だった。小さな床の間付きの部屋だったが、床が心持ち傾いているような気がして梓子は尋ねた。

「座るとずるずる前に滑りはしないでしょうか」

「そう言えば、畳がちょっとぶよぶよしますな。なに大丈夫でしょう。そこまで傾いちゃおりません」

　西の壁に切られた窓を開けると、すぐ目の前に竹林があった。そこにも陽が射し込んで、丈高い竹の緑がキラキラ蠢いた。

「こっちの部屋は、時々筍奴がイタズラして床からにょきっと頭出しますもんな。筍の季節には気いつけといて下さい」

「畳、持ち上げるんですか」

「はい、その前に床下に潜って片っ端から切り取らんと、畳の縁から出てきますばい。ここは元々先代のばあさんが倒れた時、間に合わせに造られたもんじゃけ、作りが雑です。その後は、つい最近まで行商人用の宿に使われよりました」

「でも煮炊きは何処でするんでしょう」

「縁側にガス台置けば一人分の煮炊き位出来ますばい。流しはそこです」

　縁側の西の端に流し台があった。その脇から竹筒を繋いで作られた渡り廊下が、池の端を巡って母屋の縁側に続いていた。紅色の芽をつけた楓と山吹きが池面に枝を伸ばし、その背後に高く俵山が見えた。

その時実に小さな人影が庭に表れた。手拭いを被り、片手に鎌を持っていた。梓子たちには気がつかず、山桜の下を横切って風呂場の戸口に入りかけた。

「ばあちゃん、これ、ばあちゃん。新任の先生ばお連れしました。無断で上がっとります」

振り向いたおばあさんの顔は、たいそう小さかった。

「あらまあ、こんな恰好で失礼します」

手拭いを外しながら近寄ってきた。

「少し痛んどりますが、気に入っていただけましたでしょうか」

「はい、部屋からの眺めがとても気に入りました」

「あら、それは良かった。家もな遠慮の要る男衆は居らずに、孫からわたしまで女ばっかりです」

「ばあちゃんは相変わらず忙しそうですな。いつ見ても走り回りよらす」

着物の下の地下足袋を見ながら、校長先生は言葉を挟んだ。

「あたしが動かんなら、この家はたちまち藪くろになってしまいますばい」

そしてホッホと笑った。とたんに顔がかわいくなって、短い笑い声は何かを包み込むように柔かく響いた。

再び道に出ると、校長先生は尋ねた。

「どうしますか。ちょっと不便ですが、あそこで良かですか」

「はい。あのおばあさん、なんだか優しそう……」

「めったに会えんようないい人ですよ」

「いい人って……、どんなふうに？」

「どんな風にと尋ねられても……。一緒に居れば、その内わかるでしょう。

あの家は、わたしが子どもの頃からあのまんま、だんだん古ぼけてはきましたが……。入口のガタピシ戸も数年来あのまんま、用事で行く度にばあちゃんは恥ずかしがって、まあ、この戸ばっかりはどんこんならん。早う修繕しませんとなあ、と口癖のように言いますが。学問好きな家系でな、五人の子を皆都会の学校に送り、それで家が傾いたということの辺の者の言草ですたい」

「宿屋をしてたんですか」

梓子は校長先生のさっきの言葉を思い出して、尋ねた。

「いえいえ、御主人が死んでから、ばあちゃんが片手間に始めた仕事です。御主人は役場勤めで、無口な本好きな人でした」

小学校の校門まで来た時、彼は足を止めて尋ねた。

「あ、それと……。先生は五右衛門風呂て御存知ですか」

「は」

「釜風呂ですたい。この辺はどこもプロパン風呂に変えたが、あそこは昔通りですもんな。ま、家内の話によると、ばあちゃんは万事昔通りのやり方でやりよるらしいが……。離れに風呂はなかけ、母屋の家族ともやい風呂になりますが、良ございますすな」

そこで、二日後に越してくる事を取り決めた。

ほぼ四年越しにくり返される梓子の引越しは、簡単なものだった。

夕方離れの部屋で本を並べている時、不意に渡り廊下の竹が鳴り始め、縁側に三人の女の子が表れた。三人はそこに突っ立ったまま、見慣れぬ生物を眺めるように梓子を見守った。

「こんにちは。よろしく。仲良くしてね」

「こんにちは」

三つの声は一斉に応えたが、それ以上何も言わず六つの目はまじまじと梓子に向けられていた。

そこへ青菜を手にしたおばあさんがやってきて、庭から声をかけた。

「孫たちです。頭《かしら》の五年生はまだ帰ってませんが……。この子が二年、真中が五才、一番下が三つになったばかりです。上から幸、美恵、真喜、加奈といいます。末の加奈が生まれて五ヶ月め、お父さんの急死で川崎のアパートを引き払って此処へ移ってきました。

それまで静かだった家の中が一転して、まあ毎日の賑やかな事というたら……。これも運でしょうね」

そして、あのホッホという笑い声をつけ加えた。

「先生のお邪魔をしたらいかんよ」

と言い残して、勝手口に入った。

新しく家に来た人間をひとしきり観察すると、三人は又竹を鳴らして帰っていった。

壁際に据えた茶だんすに花瓶を置こうと立ち上がった刹那、四角い窓の中を何かが動いたような気がして、梓子は目を向けた。竹林の内部には夕日が斜めに射し込んでその根元におばあさんが小さくしゃがんでいた。しゃがんだまま、両手で竹の枯葉を掬っている。掬い上げては傍の竹笊に入れ、その動作を繰り返した。際限もなく繰り返した。ひと掬い、ひと掬い、それでも大笊はいっぱいになり、後姿はそれを抱えて風呂場の方に向かった。

竹林の隙間から、真赤な玉になった夕日が覗いた。

まもなくプロパン屋がやってきて、言われた通り縁の片隅にガス台を据え付けた。

「此処で炊事しなはるとですか」

と怪訝な顔をした。

梓子はそこに座り込んで、夕餉の煮炊きを始めた。庭を隔てた勝手口では、おばあさんが風呂を焚き始めた。煙のいい匂いが梓子の居る縁側まで漂ってきた。白い煙が煙突から立ち登り、風呂場の壁の罅からもうもうと這い出した。背をくんなり曲げ火吹き竹を吹く横顔が木立ち越しに見えた。片手でさっきの枯葉を焚口に投げ込みながら、二度三度と力いっぱい吹き、その度にぷっと膨れた横顔に炎の色が映った。竹の枯葉は風呂の焚付けだった。

それからおばあさんの姿は、暮れかかる頃まで庭をくるくる移動した。薪小屋から薪を抱えてきたり、包丁片手に野菜畑に行ったり、草履をはいた小さな姿は地を滑るように動き回った。

池を隔てた障子戸には灯が点り、女の子たちの声やテレビの音が聞こえた。

暮れた後も庭には仄かに煙の匂いが残っていた。

「加奈ちゃん、テレビ消しなさい。御飯にするばい」

おばあさんの声がして、障子戸の中では夕食が始まったようだった。梓子も離れで一人の食事を始めた。

闇に包まれた木立の上には俵山が黒々と聳え、空には春の星が表れた。闇の中で池の面は母屋の灯を映した。

縁側の流し台に立って洗い物をしている時、「ただいま」柔かい声がした。四つの声が一緒に「お帰り」と応え、障子戸の内は活気づいた。

「お母さん、今日はいつもより遅かったねえ」

「心配したばい。帰ってくる迄はなんか胸が騒ぐ」。おばあさんの声。

「ちょっと仕事が手間取っただけ。ああ、やっぱり家が一番いい」。柔かい声は言った。

梓子が挨拶に立ち上がる前に、竹を踏む重い足音がして色白のふっくらした女性が表れた。八重子さんという名だった。声も口調も表情も懈怠く優しい感じを持っていた。疲れた顔を笑みでいっぱいにして、よろしくお願いしますと挨拶し、梓子もジーンスの膝を揃えて深々と頭を下げた。

「お喋り屋ばっかり四人も居りますので、さぞ喧しい事でしょう」

と言って玉を転がすような笑い声を上げ、梓子も無理して笑い顔を作った。

「一人で寂しい時は、いつでも母屋にいらっしゃい。何の遠慮もいりません」

と言い添えて帰って行った。

誰かが歩く度に違った音をたてる竹の橋は、母屋と梓子を結ぶ道になった。加奈たちはけたたましい音、おばあさんは老いた猫のように摺り足の低い音、八重子さんのはどっしりして丸味のある音、その音で誰が来るのか察しがついた。もっともおばあさんと八重子さんのは、梓子の部屋を通り過ぎて襖越しの客間へ行くものだった。そこには時々泊まり客があって、食事が出され布団が用意された。長年の慣じみ客でどうしても断れない、とおばあさんは梓子に気の毒がって言った。そんな夜は、襖の向に見知らぬ人間の動きや咳払いを感じながら、梓子も息を潜めて過ごした。

竹の橋は庭の一部だった。雨に叩かれ風に揺れ、闇と星々の光に晒され、蚊や昆虫が飛び回り、稀には虻も横切り、竹林から射す夕日にも包まれた。

梓子は最初の頃は遠慮しながら、日が経つに連れて頻繁に、その道を往来した。

おばあさんは度々言った。

「もうそろそろ竹ば変える時期が来とります。榎谷の末雄さんに頼めば、何の造作も無く作り直してくれます」

榎谷の末雄さんとは、いつもガタピシの自転車で行き来している老人のことで、いつ見てもうす汚れた犬が自転車と一緒に走っていた。おばあさんの手に負えぬ畑仕事や草取りを手伝いにやってきた。夕方仕事を終えると、おばあさんの出すコップ焼酎をぐいっと一呑して帰っていった。

話した事はなかったが、梓子もそれで三つ一組の老人とは顔見知りだった。

だが、入口の戸と同様に、実行には移されなかった。

母屋の朝は毎日大変だった。

朝食の準備と洗濯を済ませ、まず母親が出かける。ついで小学生の二人、それから保育園の二人、おばあさんは片付け物を始める。梓子はたいてい最後に家を出た。

ところが保育園に行く時間になると、度々加奈は愚図り始めた。いろんな理由をつけては泣き出し、泣き声は次第に大きくなり、果てはしゃくり上げて泣き続ける。

おばあさんは穏かに言う。

「そんなに泣くと、閻魔さんが舌抜きにくるよ。閻魔さんは泣いてる子の舌が大好きじゃけ」

「えんまさんて何ね、アーンアーン」

「とうても恐い人」

「ばあちゃん、恐いよう、アーンアーン」

「そんなら泣くのお止め」

「やめたいけど、声が止まらないよう、アーン」

しゃくり上げながら、それでも幼い声は応える。

上の姉の真喜は待ち切れずに言う。

「加奈ちゃん、あたし先に行くばい。もう知らん」

と怒って出かけてしまう。

梓子も出かける。稀には泣きじゃくる子の手を引いていく。

夕暮れ時、加奈は姉たちの誰よりも元気が良かった。近所の子と庭を駆け回り、舌足らずのよく響く声で姉たちをやっつけ、「ばあちゃん、おなか空いたよ」を連発した。丸っこい体にも声にも、キラキラした生命が弾いていた。

それなのに、朝はやっぱり泣き始める。

ある時、おばあさんは戦法を変えた。

「加奈ちゃん、見てごらん。お父さんが仏壇で聞いてるよ。ああ又加奈が泣きよるて……。加奈ちゃんが泣くと、お父さんは悲しいよ」

すると、泣声はぴたっと止んだ。父親の記憶を持たぬその子にとって、お父さんとは仏壇に置かれた骨壺の事だった。そこからいつも自分たちを見守っているのを、加奈はよく知っていた。

数日後、再び始まった泣声におばあさんは同じ事を言った。だが今度は静まらない。加奈の声がしゃくり上げながら言った。

「あたしね、お父さんに教えてやったよ。お耳に栓したら泣声聞こえないようて。アーンアーン」

「あらまあ」。おばあさんの声はちょっと笑った。

加奈の幼ないイメージの中で、父親はどんな姿をしているのだろう、壺の中に入った小さな小さな像、それともアラジンのランプのように夢幻の煙の中に表れる優しい大男の像、学校への道を歩きながら梓子は想像を巡した。

ある朝は、変な事をきっかけに泣声は始まった。

「ばあちゃん、男万十が食べたい」

「そんならお仏壇のを一つもらいなさい」

「ちがうよ、私は男万十が食べたい」

「万十はみな同じばい」

「違う。男万十は違う。アーンアーン」

子ども時代に同じ欠落を抱えて育った梓子には、その泣き声は加奈の無意識の訴えに思えた。もしかしたら誰にもわからぬ心の深い層が、父親の大きな暖かい存在を恋しがっているのかもしれない、それが朝毎に泣声を上げるのかもしれない、一人でそう考えた。

おばあさんは、長閑だった。

「あの子には今、癇の虫が取り付いとります。そんな時期がありますもんな。そのうち治まるでしょう」

別段困り果てている様子も見えなかった。

四人の子は何処から帰っても、「ばあちゃん、ただいま」と声をかけた。応えが返ってこない時は庭や畑を捜し回り、姿が見えると安心して部屋に上がった。

梓子も帰ってくるとまず、風呂場の焚口にしゃがんでいる姿にただいまと挨拶した。姿が見えない時は子供たちと同じように、薪小屋を見回し、野菜畑を捜した。

言葉尻をちょっと上げるおばあさんの「おかえり」は、仕事の後の疲れてがさついた気持ちに沁み入った。使いこなされた言葉の持つ美しさが、その声音には滲んでいた。今日も一日お仕事ごくろうさんでしたと、労われたような気になった。

夜は時々加奈や真喜の声が母屋の縁側から呼んだ。

「先生、一緒にお風呂入ろうよ」

「はーい、ちょっと待って」

梓子は洗面道具とパジャマを抱えて、竹を踏んだ。釜風呂の湯の匂いは、竹の道にまで漂ってきた。その温かい匂いは、遠い記憶のかけらを唆り立てた。

釜風呂は下の三人の子と梓子が入ると、ぎゅうぎゅうになった。焼けた釜は熱かったから、体に触れぬよう四人は内側に寄り固まった。風呂の中で子どもらはいろんな事を喋った。

「あたし、大きくなったらお父さんと結婚する」

それは加奈の口癖だった。

「加奈ちゃん、又、同じ事言う。あのね、お父さんとは結婚できんとばい」

美恵が諭す。

「うん。でも結婚するもん」

再び梓子は考える。加奈の想像の中で、父親はどんな姿をしているのだろう、周りに見慣れているお父さん達と同じなんだろうか。

流し湯に上がって加奈の丸っこい背を洗ってやりながら、梓子は幸せな気持ちになった。

風呂から上がると、居間に寄り家族に混じってテレビを見た。お昼間をせいいっぱい動き回ったおばあさんは、「水戸黄門」以外の番組では、顔はテレビに向けたままガクッと頭を落とした。

「又ばあちゃん居眠りしよる」

誰かが言うと、

「アラ、眠ってなんかいませんよ。ちゃんとテレビ見よるよ」

と頭をしゃんと起こした。

勉強部屋は持っていたが、子どもたちはテレビの鳴る居間で宿題をやり、床に就くまでそこで過ごした。八重子さんもその中に混じって商売用の帳簿を整理した。梓子も山ほど抱え込んでいる学校の仕事などどうでもよくなって、おばあさんと一緒に淡い眠気に誘われた。

そうやって、母屋のくらしは一日一日単調に過ぎていった。


長女の幸は、母親似の色白でふっくらした顔を持っていた。だが目は違った。八重子さんのは気怠く柔かい目、娘の方はきれいな鋭い目。その視線でじっと見られると、梓子は自分の心の深味を見られているような気がして、思わず目を伏せた。

下の三人とはすぐ打ち解けたが、幸は自分の方から梓子に話しかける事があまりなかった。二年の半ば川崎市の学校から転校してきて、その土地の言葉や雰囲気をずっと引きずっていた。そんな彼女を同級生の女の子達は陰で「東京ぶりっこ」と呼んだ。担任の先生はあの子はちょっと早熟で自分の方がやっつけられる事が度々あると評していた。だが家では、テレビのチャンネルやお八つを巡って加奈や真喜と対等にけんかするような子でもあった。

時たま宿題のわからない所を持って離れにやってきた。初めて来た時、彼女は何の関連もなくいきなり尋ねた。

「あたしはこの村も学校も嫌い。何だか居心地悪い。先生はどうなの」

一瞬、梓子はおたおたした。

「き、きらいでも好きでもないよ。陽当たり良くて、おいしい水がたっぷりあって、静かな村だと思う」

「本当にそう思うの、居心地いいの」

驚いて口を噤んだ梓子を尻目に、「じゃあ、ありがとう」と宿題を取って出ていった。梓子はしばらく落ち着かぬ気持ちに晒され、自分の言った事の光の部分と、陰に覆われている部分を巡って考え込んだ。

わが思う事を不意に、短い言葉で投げつける、それが幸のやり方だった。

ある時、何の前触もなく言った。

「あたしには、忘れられない事がある」

彼女の宿題のプリントを読んでいた梓子は、顔を上げた。

「二年生の時、夜、電話がかかってきたの。川崎のアパート。お母さんが急に泣き出した。見たことないように。恐かった。それからタクシーで病院に行ったの。お父さんは死んで恐い顔になっていた」

「……」。梓子は言葉が出なかった。

「あたしは許せない、決して」

そして話を切った。愕然とした梓子の目に、あらぬ方に向けられた幸の顔が見えた。

「もういい。宿題なんかもういい」

プリントを取り上げて出ていった。忘れられぬ情景を互いの胸に突き刺したまま、幸の足音は竹の道を渡っていった。

——小学校の五年、秋の遠足の翌日だった。その真夜中を境に、前日までの自分とは奇妙に変ってしまったのを、校庭で遊び回る同級生の姿を見ながら漠然と意識した。きのう赤いリュックを背負って友だちと一緒に山道を登っていた自分の姿は、もう別の人のように見えた。あの子たちとはきっともう同じになれないだろという気がした。眩しい秋日の中で、気持ちはしょうじょうと薄寒かった——。

幸の足音が消えた後、長い間忘れていたあの時の奇妙な感覚が不意に甦ってきた。

その出来事は、幸を一夜で変えてしまったのかもしれぬ。日常が突然突きつけた人間の謎を、まだ七才の子は言葉にもできず何の事かもよく分からず、混沌のまま身の内に抱え込んでしまったのだ。見知った世界から得体の知れぬ世界へ一瞬の間にずり落ちたようなあの感覚は、意識の深みへ刻み込まれ離れはしない、忘れても離れはしない。大人になり年を重ね、その出来事を理解できても、刻み込まれた物は知らず知らずのうちに人生を操っていく……。一人小雨に囲まれた離れの中で、梓子は自分の意識がとめどもなく先鋭になっていくのを感じた。

小雨の音の中をほととぎすの鳴き声が横切った。その後の静寂に幸の声がした。

「ばあちゃん、お風呂とてもぬるいよ」

風呂場からだった。居眠りしていただろうおばあさんはよいしょと立ち上がり、枯葉を一くべ火を起こすだろう。

池を隔てた軽やかな現実は、じりじり尖がっていく思いをすっと静めた。

黙々と家の用事を片付ける小さなおばあさんの姿は、単純な日常の象徴だった。幸の過敏な感性は、おばあさんの居る日々によって均衡を保ち和げられていた。

家族が一日のほとんどを過ごす居間には、大きな仏壇があった。まだ子どもらが眠っている早朝、御灯明が点され花が供えられた。おばあさんは庭に咲くどんな花も仏壇に持ってきた。梓子が雨戸を開ける時、切ったばかりの花を手に庭を横切っていくその後姿を度々見かけた。紫の木蓮であったり、桃の花、連ぎょう、木槿、晩秋には露をのせた寒菊、凍てつく朝には南天の赤、早春には黄水仙、早朝の大気を掠める花の色は、何かとても美しい物を見たような瞬間を残した。

花のない季節にはペンペン草の白い花もお供えになった。

それから母屋の雨戸越しに鐘の音が響いて、おばあさんのお祈りが始まる。無言で一心不乱に祈る。それがおばあさんの一日の始まりだった。

梓子は一度雪の朝に、おばあさんの祈っている姿を見たことがある。

雨戸を開けると、思いがけぬ雪の光景が目の前に広がった。深々した雪の面に小さな足跡が残り、母屋の裏口まで続いていた。

縁側の水道はこちこちに凍り顔を洗う水もなかったので、梓子はポットを抱えて母屋に渡った。竹の道も雪で覆われていた。

雨戸の一枚だけ引くと、母屋はまだ深としていた。台所へ行くにはどうしても三人の子が眠ってる居間を通らねばならず、梓子はそっと障子戸を開けた。

仄暗い部屋の奥には御燈明が燃え、南天の赤い実が見えた。おばあさんはその前で祈っていた。猫のようにまあるくなって、合わせた両手と白髪の額にはろうそくの光の中、膝も背も陰の中だった。

一瞬梓子はロダンの「カテドラル」を思い浮かべた。学生の頃美術館で見た小さな、たいそう静かな彫刻だった。組み合わされた二つの手がその内部に静寂と光、それに仄かな陰を織りなし、ひっそりした村の聖堂を思わせた。両手で作ったカテドラルの内側から、無言の祈りが立ち登っていた。あの時見た手の表情と同じものが、目の前で祈るおばあさんの姿にも感じられた。

深く一礼して、「よいしょ」と立ち上がった時、梓子は恐る〳〵声を掛けた。

「お早うございます」

「アラ、びっくりした。こんなに早うどうしましたか」

「水を少しもらいに来ました。水道がこちこちです」

「きのうの夜中は寒うございましたもんな。体がしんしん冷えて眠れませんでした。今年初の雪ですね」

水をもらって竹の雪を踏みながら振り返ると、御燈明を抱いた母屋の屋根もまっ白だった。

仏壇には子どもらの父親の他に、おばあさんがこの家で見送った人たちの霊が幾つか眠っていた。度々話に登場するのが、「ばばさま」と「お父《と》さん」だった。

「先生が今居るあの離れで、ばばさまは亡くなりました。だんだん弱って物も言えず動きもできんだった人が、最後にな、

『おっ母さん、待ってはいりょ』

頭起こしてはっきり言いました。それから果てました」

「ばあちゃん、その話何回も聞いたよ」

宿題をしながら、幸が口を挟む。おばあさんは向きになる。

「先生に話しよると。あんた達にじゃありません」

それから低い声でつけ加える。

「物も言えなかった人がですよ。あたしは今でも不思議でたまりません。でも、お父さんもあたしもこの目で確かに見ました」

梓子も小さい声になって尋ねる。

「目の前にそのおっ母さんが見えたんでしょうか」

「そうでしょう。あの世から迎えにこらっしゃったんですよ」

おばあさんは前に話した事を忘れて、梓子にも何度か同じ話を繰り返した。その度に、不思議でたまらないとつけ加えた。

「おっ母さんに手引かれて、あっちの世界へ行かっしゃったんでしょうなあ」

おばあさんの顔は本気だった。梓子は半信半疑で聞きながら、それでも目の前に手をつないだ母と娘の姿が浮かぶ。老いて縮まった二人の後姿の前方に、美しいバラ色の夕焼け空が広がっている。

「それだと、死ぬってことが苦しく見えませんね。なんか恐くないですね」

「さあ、どうでしょうねえ」

「あたしは恐い、とても恐い、死んだらそれでおしまい、何も無い」

宿題をやっている筈の幸が、いきなり言った。梓子ははっと黙り、おばあさんは応えた。

「でも幸ちゃん、人の魂はとうても不思議なもんだから、そげん風に言い切ってはしまえんよ。死んだ後の事は誰にもわかりませんよ。もしかすると魂が鳥やら花やらに生まれ変わるかもしれん……。あたしは、丈夫な桜の木になってみたか」

「ばあちゃんの考えだと、わたしのお父さんはどうなってるの」

「この子はまあ、急に……。あたしにもわからん。でもこれだけは本当ばい。お父さんの魂はいつも子どもたちを見よんなさる」

幸の目は真っ直におばあさんを見守った。

「ふうん、そうかなあ」

それだけ言うと、また宿題に戻った。

「ばあちゃん、あたしのお父さん、此処にいるよね」

その顔を見上げて、加奈は確かめた。そうと頷いて、おばあさんは一息ついた。

「幸ちゃんは本当にせんかもしれんが、どうしていいかわからん位悲しか時はお父さんの魂がそうっと助けてやんなはるよ。忘れなすな」

「うん」幸は正直に頷いた。

真夜中に目が覚めて、梓子はふっとあのばばさまは自分の寝ている場所で死んだのだという気がした。想像の中で、夕日の射し込む果てしない空間を手をつないだ二つの姿がいつまでもいつまでも遠去かっていった。

そのばばさまの息子が「お父さん」だった。この家で生涯を過ごし、五人の子らの仕送りに追われて働くだけの人だったが、暇な時本を読んだり花木の相手をしている顔は惚れぼれするようだったと、おばあさんはわが主人の事をそんな風に評した。

その人が植えたという花木は、春から秋にかけて次々と満開になった。日の出の位置と花の色、地面の苔を計算に入れて植えたように、俵山から日が出た瞬間、花盛りの木の周りは幻想的な空間に変った。背後から射し込む朝日と花の色、そして陰がえもいわれぬ調和を織りなした。山桜も、紅色の芽をつけた楓も斜めの光線を浴びて深い色合に輝いた。ほんの一時の現象だった。太陽が山際を離れるにつれ、庭には光が満ち、その幻想性は消えた。

家族の忙しい朝は束の間のそんな光景に気がつく暇などなかったろうが、植えた人は時々目を向けていたにちがいないと思わせるような木々の配列だった。

池の縁にある山つつじは、田植えの頃満開になった。雨模様の空の下で透き通った朱色に咲き揃った。

何十年も昔のこと、田植えの最中にお父さんが不意に言った。「あら、何じゃろか」。腰を上げると田の際の崖に紅色の花をつけた小さな木があった。お父さんは田植えの手を止めて見に行き、その間他の者も田植えを中断、待っとりました。「山つつじ」と言いながら戻ってきたが、夕方それを引っこ抜いて持ち帰り此処に植えた。それが何十年も経ってこげん大きくなりました。——これもおばあさんは繰り返し語った。

雨の合間、土曜日の午後だった。子どもたちの姿はなく、母屋はひっそりとしていた。花盛りの山つつじの許におばあさんが一人しゃがんでいた。見たことのないような真剣な目で、じっと池の面を見つめていた。梓子はなんだかハッとして立ち止まった。何かあったんではなかろうかと思った。そこで徐ろに声を掛けた。

「見事に咲きましたね。もう田植えがあってるんでしょうか」

だが、おばあさんはうろたえた恰好で立ち上がった。自分だけの物思いからいきなり現実に引き戻されたような様子に見えた。

「この花が咲く頃は、なんか寂しゅうなりますもんな」

一人言のように言って、勝手口に立ち去った。思いがけぬ言葉は、池の面に静かな余韻を残した。山つつじを巡って、おばあさんだけの思い出があるのを、梓子は感じた。

本を読むのが好きだったという御主人は、末娘の八重子さんが結婚して幸が生まれる前に病死したという。

おばあさんの一年は、年に六つの大仕事によって時を刻まれた。お嫁に来た時から欠かさず続けているというその年中行事は、季節の流れと同じリズムを持っていた。その仕事日にはおばあさんの家も又、日常とは異なる表情を帯びた。

冬の始まりには味噌作りと納豆作り、その朝おばあさんは日常着の上にまっ白な割烹着を重ねて、庭に表れた。緊張した面持ちで忙しく動き回っていた。

まだ朝の早いうちに、庭の一隅にある竈に火が焚きつけられ、大豆をどっさり入れた鉄鍋がかけられた。一晩水に浸された大豆は、膨らんでいた。一時間も経つと、豆の煮える匂いが庭に漂い始めた。

凍てた大気に煙と豆の匂いが染み通っていき、庭には仄かな温りが広がった。地面の霜は解け、冬日に光った。

日曜日の朝の下三人は、竈の前にしゃがんで火の番をした。幸はそんな事には全く関心が無いらしかった。だが、一時間も経たぬうちに三人は退屈して遊びに行き、火の番もやっぱりおばあさんの仕事に戻った。

時々白い割烹着の腕を伸ばして、もうもうと立つ湯気の中から大豆を一粒取り出した。こうやって指で挟んだ時、とろりと崩れる位の軟かさが一番いい煮加減ですもんな、それより過ぎても足りなくても、おいしい味噌にはなれません、と物珍し気に見ている梓子に言った。

朝早くつけられた火は昼を過ぎても燃え続け、白い割烹着は鍋から薪小屋、母屋へと忙しく移動した。大鍋はぐつぐつ音をたて続けた。初冬の庭は、煙と匂い、煮え立つ音と湯気で、心のうきうきするような空間になった。

大豆が煮えて火が消されると、おばあさんの表情は厳しくなった。何度も鉄鍋に近づいては、豆の熱加減を触った。梓子が尋ねる事にも、

「この残り熱が決め手です」

「一分の油断もなりません」

短く答えるだけだった。

熱い大豆は、全員の手を借りて家の中へ運ばれ、二階へ上げられた。

普段は雨戸を閉め切ったまま誰も上がらぬ二階の一室が、大豆を寝かせる場になった。

大豆は大蒲団に包まれ、数日間寝かされた。その間おばあさんの関心は二階に集中した。夜みんなが居間に揃っている時も、幾度か階段を登り下りした。

真夜中にもふっと目が覚めると気になって、懐中電燈片手に登っていく。一分の油断が失敗の素になるから、いつも目で見て手で触っておかないと心配でたまらなくなる。此処に嫁ってきた当座から、いつも姑にそりゃ厳しく言われ続けていたと、全く無関心な孫たちにでなく、梓子に向かって説明した。

梓子は言ったものだ。

「味噌が家で作られるのを、初めて見ました」

「おやまあ。今の人はこんな事にはとんと興味ありませんもんな」

まるで自分は別の時代の人のような口振りで言った。

「うちの八重子もとんと……」

土間の方で明日の用意をしている娘をちらっと見て続けた。

「八重子は忙しいばっかりで。なんせ四人の子が一人の肩に掛かっとりますけんな」

いつの間にか、話は味噌から八重子さんに変った。

「五人姉弟の末っ子で、気ままにのんびり育ちましたが、神さんは良うしたもの、四人の子ができてから人並以上の苦労をあの子に授けました。だが、あの気質ばっかりは直りません」

そしてホッホと短い笑い声をつけ加えた。どうにもしようのない現実を話す時の、おばあさんの癖になっていた。その柔かい声音と、とたんに可愛くなる顔が、重さをすっと掻き消し事実だけを際立たせた。

八重子さんはいつも疲れていたが、本当にのんびりしていた。車のキーを手に持ったまま、何処に置いたろうと捜し回ったり、バッグを忘れて途中から引き返してきたり、彼女には日常茶飯事の事だった。

梓子は話題を元に戻した。

「側で見てると、味噌作りて大変ですね」

「そうですよ。大仕事です。でもあたしはこの時期になると体がうずうずしてな、どうでも作りたくなります。八重子はそんな大事して作らんでも店で買う方がずっと合理的、ばあちゃん、自分の体の事を考えなきゃと言いますが、その体の方が気持ちより先に動き出しますもんな。息子たちも、あたしの味噌待っとりますし……」

「特別な味がするんでしょうね」

おばあさんはうれしそうに笑い、それからはにかんだような口調で言った。

「興味がおありなら、ちょっと、あたしの味噌見てみませんか」

階段を登って、おばあさんは取っ付きの部屋の板戸を開けた。懐中電燈の光の中に誰かが眠っているようなこんもりした布団が表れた。

「もう半熟に成りかかってますよ。触ってごらんなさい」

こんもりした布団から仄かな温りが梓子の手の平に伝わり、生き物の体に触れたような気がした。

「華がいっぱい来てますよ」

布団を広げながらおばあさんは言い、梓子は小さな花を想像して覗き込んだ。腐れかけたような豆の表面には薄いレモン色の黴がいっぱいくっ付いていた。

「これが、花、ですか」

「そうですよ。華がびっしり揃うと味噌になります」

「まるで生きてるみたい」

「あら、生き物ですよ。糀菌は生きてますよ」

手早く布団を閉めて、大真面目な顔だった。

人間のものとは異なる時が、その一隅には流れていた。黴臭い畳に座っておばあさんの目はそれを見守り、味噌は布団の中で秘やかに成熟していった。

味噌が完成すると、おばあさんは二、三日寝込んだ。板戸のある寝部屋にまあるくなって眠り続けた。昔ながらの重い布団にくるまった姿は、不安になるほど小さく見えた。

家の主が病気の夕方は、母屋も寂しくなった。

納豆作りは、まず大豆を寝かせる藁筒作りから始まった。

天気のいい日、八つ手の下に莫蓙が広げられ、藁束が持ってこられた。おばあさんはそこに座って編み始めた。仕事はたいそうゆっくり進んだ。一本一本の藁をていねいに抜き、それから筒に編んでいく、いつ果てるともしれぬような手間のかかる単調な仕事だった。だがいつの間にか傍には二つ三つと、出来上がった藁筒が増えていった。

暖かい冬日が当たって八つ手の花はホロホロ零れ、屈んだ背や頭に降りかかった。時々両手は止まり、頭がくんと揺れた。

「ばあちゃん居眠りしよる」

側で遊んでいる加奈たちが大声を出すと、両手はまた動き出した。

納豆が出来上がると、今度は数日間日に干され、息子たちの晩酌用に送られた。

四月初旬阿蘇高菜の取入には、榎谷の老人がやってきた。

種は秋の半ばに蒔かれた。艶々光る小粒の種を、おばあさんは一人で蒔いていった。手拭いを被った小さな姿が広い畑を行きつ戻りつし、その後にはかわいらしい種の列ができた。そうして晩秋きれいな緑の芽を出した。冷たい風と光の中で小さな株になり、地面にぴったり葉をくっつけて冬の間を過ごした。ロゼット状になった葉は、雪の中からも冴え冴えとした緑を覗かせた。

三月、日が長くなるにつれ、阿蘇高菜は茎を上げ株を増やした。そして畑を青葉で埋めていった。

おばあさんはちょうど良い摘み時を選んで、榎谷の老人を呼んだ。まだ春休み中の一日、太った老人と犬、ギイギイ鳴る自転車の三つ一組がやってきて、高菜を摘み始めた。梓子もやり方を習って手伝った。

おばあさんと老人は、離れ〴〵に畑にしゃがみ込んで茎を摘み取っていった。中心部の軟い茎だけを選び、固くなった葉や茎には手をつけなかった。どこの家でも家族用の漬物には、最も旨い部分だけを使うという。

犬は春日を浴びながら寝そべっていた。時々ちらりと顔を上げてわが主人の姿を追い、葉群の間にしゃがんだ姿が見えると、又目を瞑った。

日が真上に来て二人は昼飯、それから老人は犬の側でしばらく眠った。

日が傾きかかった頃、高菜の摘み取りは終わった。

おばあさんはコップの焼酎とお皿を持ってきた。畑は透き通るような夕方に包まれ、老人は旨そうにコップを傾けた。

「お疲れさんでしたな、先生まで手伝うてもらって、おかげで早く終わりました。ほっとしましたばい」

「ちょうど良か摘み頃じゃったな」

老人は口数が少なかった。竹林の向に来た日が斜めの光を畑に射し込み、老人も犬も、おばあさんも梓子もその中に入った。

「今年もお茶つみはしなはるかな、ばあちゃん」

「はい、今年もお願いいな」

「今ん者な、茶つみやらあんまりせんが」

二人の会話は、ぽつりぽつりぽつり続いた。

「この犬もだいぶ年寄りましたなあ。幾つになったろうか」

「さあ、知らんばい。家内が死んだ後迷い込うで来たけ、もう十五年は経っとる筈。わしとこの犬と、どっちが早うあの世行きになるどかな」

おばあさんは何も答えず、寝そべった犬を眺めていた。やがて代金を受け取ると、三つ一組は帰っていった。

その後は、ぜんまい摘みが続いた。

おばあさんの体には、日の動きのような、草木の成長のような、悠々とした時の流れが刻み込まれていた。年に六つの大仕事は、その流れに促されるように熟《こな》されていった。

長女の幸が中学に入り、下の三人も二年ずつ進級した年の春、八重子さんが仕事を変った。働き先は隣り町の経理事務所。帰りが少し早くなった。

いつも物柔かな口調と表情で人に接し、声を荒げて子ども達を叱る事もなかった。色白の顔は他人に向かうと決まって笑みになり、ささいな事柄にもコロコロした笑い声を上げた。だが、家の中では怠気《だるげ》で疲れていた。

八重子さんは人の悪口が言えなかった。彼女の口から出てくる人物は、みんないい人になった。今度の事務所も所長さんがいい人で、気兼ねなく働けると言った。おばあさんはそんな娘の事を、人が良過ぎて自分の方から面倒な仕事を引き受けてしまうと評していた。

夏のある夜梓子がさし迫ったレポートを書いている時、幾つもの小さな足がたてる竹の音がして障子が開いた。縁側には五人の女の子がずらりと並んでいた。その中に全く見知らぬ二つの幼い顔を見て、梓子は尋ねた。

「この子たち、だれ」

「あのね、お母さんの事務所の子。あたしの家に遊びに来たと」

加奈がお姉さんぶって言った。五年生になった美恵が説明した。

「ユカちゃん三つ、チノちゃん四つ。双子みたいによく似てるでしょう。あたしのお母さんが連れてきた。この子たちのお父さんが迎えに来るまで遊んどっていいいて」

二人はお揃いのワンピースを着ていた。襟と胸元にフリルのついた空色のものだった。手を繋いだ姉妹は、じっと梓子を見守った。

「先生はお仕事でしょう。じゃあ又出直そうね」

上級生になってスラリと背の伸びた美恵は、年長者の口振りで言い、四人を引き連れて帰っていった。

その夜向かいの居間からは寝る時間を過ぎても子どもたちの声がした。夜が更けてからクラクションの音がして、母屋は静まった。

それ以来幼い姉妹は、八重子さんの車で何回もやってきた。毎日続く事もあった。真美と加奈はことさら姉さん口調になって、二人の世話を焼きたがった。たいていお揃いの服を着た二人は、姉さん達に囲まれて我が家のように振舞った。だが、いつも一緒だった。一人がトイレに行けば後の一人も後を追い、姉の方が立ち上がると妹も直ぐに立ち上がった。

家の中は以前よりもっと賑かになった。子どもたちの騒ぐ中でおばあさんは相変わらず居眠りしたり、梓子相手に思い出話をしたりした。舅が恐くてお嫁に来た当座は側に近寄って来られただけで身が震えた事、学資のやりくりの苦労話、長女の連れ合いが今では会社の社長さんになった事など、思いつくままに語った。

気紛れな子ども達は小さな客人に慣れっこになると、度々その存在を忘れ自分たちの事に熱中した。子どもだけでなく大人もその幼い存在を忘れた。ふと目を向けた時そこにぴったりくっ付いて怯えた目の姉妹が居るのに気がついて、はっとした。まるで見知らぬ空間に二人だけで置き去りにされたような顔をしていた。

大人たちの誰かが注意すると、

「ア、忘れとった。ユカちゃんチノちゃん、こっちおいで」

気立ての優しい美恵が声をかけ、二人はたちまち元の子どもに戻った。

子どもたちの声が大きくなると、中学生の幸が声を荒げた。

「静かにしてよ。あたしは勉強してるのよ」

「そんなら勉強部屋の自分の机でしなさい。それが当たり前でしょう」

母親に言われても立とうとはせず、やっぱり同じ場所で鉛筆を走らせた。横から加奈が口を出した。

「あのね、幸姉ちゃんは一人で勉強するの恐いて言うたよ」

「フン」

幸は無視し、八重子さんもそれ以上言わず、自分も同じ食卓で持ち帰った事務書類を整理していた。

姉妹を迎えに来るのは、決まって父親一人だった。疲れたような顔を笑みにして母屋の家族に礼を言い、二人はまだ此処に居るようと駄々を捏ねた。父親は、明日は保育園の先生が待ってるよと宥めて連れ帰った。

おばあさんは言った。

「あの子達のお母さん、今調子が悪いんですよ。それで此処に来たがるとです」

「姉ちゃん達が何人も居て、楽しいんでしょうね」

「家より此処の方が居心地いいのかもしれません。小さい子じゃけ、本当はお母さんの側が一番いいでしょうけど」

「わたしも子どもの頃同じような時がありました。夜になると向かいの家に行って、そこで過ごしました。なんか家には……」

と言いかけて、梓子は口を噤んだ。余計な事を言ってしまったと思った。

「おや」おばあさんは老眼鏡越しに梓子の顔を見て、徐ろにホッホと笑った。だが尋ねはせず、又新聞に戻った。花に止まって直ぐに飛び立った蝶みたいに、おばあさんの関心は一瞬で通り過ぎた。

小学校上学年の数年間を過ごした借家の向に、植木屋の家族が住んでいた。同級生の女の子を頭に五人の子どもがいた。一番下はまだ赤ん坊の男の子、母親は男の子を背中にくくり付けて仕事に出かけた。

夕食が終わると、梓子は理由を作ってそこへ行った。

昼間を目いっぱい働いてきた植木屋の両親は、暑い時は上半身裸、冬は綿入れで寛ぎ、子どもたちはその周りにたむろし好きなように過ごした。行けば梓子もそのうちの一人になった。寛いでいる両親の目には五人のわが子の中に他の子が一人混じっても、同じに見えた。母親は既に萎びた乳房を息子に含ませながら居眠りし、父親はラジオに耳を傾けながらコップ一杯の焼酎をチビリチビリ啜った。子どもの梓子はその顔を見守った。ある時尋ねた。

「おじちゃん、それ、おいしいね」

「この世で一番美味しい。梓ちゃんもちょっと飲むか」

「うん」

横からおばさんがバカな事をと叱った。

開けっ放しの板戸の向こうから、時々、絞るような呻き声が上がった。その度に両親のどちらかが立ち上がって、寝たきりの老人の用を足した。物が散らかって、ラジオと子どもたちの声のする茶の間からは、敷きっ放しの寝床と動きも喋りもできぬその老人の姿が見えた。

仕事で疲れた植木屋の夫婦は、回りにたむろする子らを叱りつける事も滅多になく、姉妹たちは遊んだり寝転んだり、眠ったりした。梓子もラジオから流れる浪花節の声が続くと眠くなり、そのまま姉妹と一緒に雑魚寝して、朝自分の家に戻るときもあった。

どんな理由からだったか、いつ頃からだったか、夜そこに行くのを止めてしまったが、あの茶の間の記憶は子ども時代を優しく同時にもの悲しく照らし出す。優しさはそこに流れていた時間、もの悲しさは子どもの心の中にあった薄闇。

母屋のこの居間にも同じような時間があった。小さな姉妹が此処に来たがる気持ちが梓子にはなんとなくわかる気がした。

十一月になって冷たい雨が続いた。雨は降っては止み、止んでは降って、庭は落葉に埋まった。日はいつもより早く暮れた。

その夕方、梓子が仕事から戻ってくると、母屋の様子がいつもと違っていた。灯の点った障子戸からはテレビの音も子どもたちの声もせず、深と静まっていた。何かあったのではないだろうかという思いが横切った。それでも暮れた庭には煙の匂いが残り、台所には灯が見えた。梓子は勝手口の戸を開け、恐る恐る「ただいま」と声を掛けた。洗い物をしていたおばあさんは、いつも通りの口調でお帰りと言った。だがその後に続けた。

「あの子たちが二人とも亡くなりました」

梓子は息を呑んだ。

「事務所の奥さんがあの子たちを道連れに、川に飛び込んだとです。きのうの夜中だったそうです。奥さんの方は助かって、今病院。子どもは……」

一息置いて続けた。

「引上げられた時は、二人共もう駄目だったそうです。さぞ、恐かったでしょうな」

寂しい事でございますと呟きながら、又洗い物に戻った。

「八重子は今お通夜の手つだいに行っとります。わたし達もこれから出かけます」

「子どもたちは、もう知ってるんですか」

「さっきお母さんがちょっと帰って、話しよりました。幸は何を思うとるのやら……。黙りこくっとります。どうしようもありません」

その時居間で、不意にテレビの音が始まった。子ども番組の主題曲が台所まで響いてきた。

「テレビ止めて」

幸の鋭い声がして、音は直ぐ消えた。

真美が台所を覗いて言った。

「ばあちゃん、おなか空いた」

もうすぐお通夜だからと言いながらも、小さなお結びを作った。他の三人の分も作り漬物を添えた。

まもなく八重子さんが迎えにきて、家族はお通夜に出かけた。

母屋は空っぽになった。深い闇の中で黒い塊になった母屋を見るのは初めての事だと、梓子は思った。

その出来事は、母屋に得体の知れぬ影を広げた。

八重子さんは一切の注釈を避け、務めも家事も何かに耐えながら黙々とこなしていった。下の三人は時々怯えた顔で梓子の部屋に来たり、「ばあちゃん、なんか恐い」と、おばあさんに身を寄せたり、落ち着きなく動き回った。幸は黙りこくっていた。鞄を投げ出して制服のまま茫と座り込み、八重子さんに叱られてのろのろと着替えにいった。

生き残ってしまった母親の命も、いきなり断ち切られた二つの小さな命も、日常に生きている者の想像など遥かに越えていた。その不可解さが人を漠然とした不安に駆り立てた。死の方に引きずり込まれた二つのかわいい魂は、その家の周りにも漂ってきた。楓の黒い枝の先に止まり、音たてずに竹の橋を渡り、山茶花の花群の中から覗き、生きている者の気を引こうとした。目を向ければ何も見えず、気配だけが残った。

おばあさんはあの子たちが成仏できるよう朝のお灯明の前で、一生懸命お願いした。

それでも日常の時間は流れ続け、二つの漂う魂は、だんだん薄れていった。

おばあさんは例年通り、白い割烹着で気を引き締め、味噌を仕込み納豆を作った。

居間は元に戻ったように見えた。

その年の初雪は、いつもより遅くやってきた。職員室を出て校門の外に立つと、梓子は大きく息をついた。暮れて冷え切った空気が、胸いっぱいに入ってきた。気がつくと、薄闇の中に白い物が舞っていた。綿毛のように軽やかな雪片だった。

梓子は灯の明るい勝手口から、それをおばあさんに告げた。

「ただいま、雪が降り始めましたよ。でも見えるか見えない位」

「おかえり、先生、うれしそうですね」

「初雪を見ると、なぜか楽しくなります」

弾んだ気持ちのまま庭を横切ると、離れの客間側の縁側に二つの黒い塊を見て目を凝らした。ダンボールの箱だった。止められていない蓋の下から衣服がはみ出していた。赤いセーターの袖口、空色のフリルの一部分、あの子たちの物だった。誰かの手が大急ぎで入れ込んだように見えた。

そこへ早く帰っていた八重子さんが勝手口から出てきて、梓子に言った。

「すみませんけど、そのダンボール、ちょっとそこに置かせて下さい。所長さんにしばらく預かってくれと頼まれました。あの子たちの服を今はとても見れないとおっしゃるので、断れませんでした。奥さんも明日退院だそうです」

八重子さんの顔はそんな事を言う時でさえ、やっぱり柔和な笑みになった。

「どうぞ、御心配なく」

梓子も内心の恐さを隠して、笑顔で答えた。その刹那、生き残った母親の生き地獄の苦しみが頭を掠めた。

「明日……、退院なさるんですか」

「はい。所長さんもなにかと大変なようです……。今夜は積もるでしょうか」

八重子さんは初雪がまばらに舞う庭を母屋に戻った。

梓子は部屋に上がって灯をつけた。あの姉妹を初めて見た夜、二人が着ていた物はあのフリルのついた空色のワンピースだった事を思い出した。

何をしている時も、箱の存在がみょうに気になった。夜更けに雨戸を閉める時も、箱は二つの黒い塊になってそこに有った。

真夜中、障子戸の開く音を聞いて梓子は目を覚ました。身を滑らせるようにして入ってきたのは、あの女の子だった。赤いセーターを着ていた。

「お姉ちゃん、おいで。眠ってる、眠ってる」

小さな声で姉を呼び、続いてやっぱり赤いセーターの子が入ってきた。

梓子は身を起こそうと跪いた。だが体は縛り付けられたように動かなかった。姉と妹は近寄ってきた。その途端、言いようのない胸苦しさに襲われて、声を上げた。自分自身の発した異様な叫び声で、今度ははっきり目が覚めた。身を起こして電気をつけた。部屋には誰も居なかった。障子は閉まったままだった。だが一瞬前に見た二つの姿は視覚にまざまざと残り、言い難い胸苦しさは現実のものだった。

翌朝雨戸を開ける時も、二つの箱は赤い袖口を覗かせてそこに有った。

八重子さんも子ども達も居ない時を見計らって、梓子はおばあさんに、真夜中あの子達が部屋に表れた事を告げた。でも夢だったのか現だったのか、それがわからないとつけ加えた。おばあさんは真顔で言った。

「あんな死に方だったから、成仏できずにこの世の縁をうろうろしてるのかもしれません。何とも不憫な事ですなあ」

「だけど、どうして離れのわたしの所へ来たんでしょう」

「来やすかったからですよ」

「そんなあ……。そんな事考えられない」

梓子の感覚は不意に日常のものになって、否定した。

「きっとあの、箱からはみ出していた赤いセーターのせいです。それで夢を見たんです」

と言いながら、耳許に残っている女の子の低い声ももの凄い叫び声も、決して幻覚ではなかったと思った。

説明のつかぬ現象だった。

箱は、二、三日して消えた。

それっきりだった。悲惨な事件は次第に忘れられていき、小さな姉妹の事も話に登らなくなった。

だが八重子さんは一年も経たぬ内に事務所を止めた。言葉数少なく、あそこにはもう居たたまれないし、奥さんにしても自分が居ない方がいいだろうと言った。

次の仕事は市内の工務店で、帰りは再び不規則になった。


五月初めになると、例年通りおばあさんは毎日薇摘みに出かけた。どっさり溜まった薇は庭の竈で茹でられ、数日間を日に干された。五月の陽光と新緑の匂いを吸収しながら干し上がると、四つの小包みにされ各地の娘や息子に送られた。

池の緑の山つつじは、梓子は来てから四度のめの満開を迎えた。おばあさんも四つ年を取り、背が少し曲がりかけた。

その頃、ついに庭の竹橋が取り代えられた。夕方梓子が帰ってきた時は、きれいに編まれた青竹の道はまだ生々しい匂いを放っていた。今度は榎谷の末雄さんじゃなく村の大工さんに頼んだから、こんなに立派に仕上がりました。なにしろ重役さんがお出になりますけな、とおばあさんはホッホ笑いをつけ加えて言った。

一週間前、東京に住む長女が電話を寄越し、夫婦で墓参りに行きたい、一晩だけだがと伝えてきた。おばあさんは驚いた。重役さんになった人がこの家に来るなど考えた事もなかった。娘一人なら何の事はないが、重役さんが一緒となると家のあちこちを修理しなくてはならない、まず竹の橋、おあばさんは末雄さんではなく大工さんを呼んだ。

竹の道だけでなく、家のあちこちにも手が入れられた。夜、宿題を持ってやってきた美恵が言った。

「今日ね、学校から帰って家の戸開けたら、すらすらって動いたから、あたしびっくりした。板の破れた所も直してあったよ。だってばあちゃんは、お客さんが来る度にあの戸は早う修理せんとなて言うばっかりで、ずうっとそのままだったから」

「あたしも何度か聞いた事があるよ」

「ばあちゃんね、東京のおばちゃんの御主人の事、まるで知らない人みたいに敬語で話すよ。いつものばあちゃんと違う。なんか、かわいそうな位」

「美恵ちゃんは見たことあるの、その人」

「全然知らない。見たかもしれないけど覚えてない。おばちゃんの事もあんまり覚えてない」

天気の良い日曜日には、孫たちの手を借りて客用の布団が干された。離れの客間の障子も張り替えられ、縁側には真新しいスリッパが置かれた。

母親にはもっといい座敷があるけど今は物置き同然、わたしの力じゃ片付け切れない、それで考えた末離れに泊まってもらう事にした。八重子がもう少し暇ならなあ、と決して愚痴を言わない人が、初めて愚痴を漏らした。東京で今は結構な暮しをしているわが娘に、生家の事で恥をかかせまいとするおばあさんの配慮は、いろんな所に出現した。

青竹の橋には、銀色のシートが敷き詰められた。緑の繁茂する庭の一隅でその銀色はギラギラ光っていたが、竹よりは足当たりがいいだろうという思いからだった。

夜になると、テレビも見ず居眠りもせず、いつもより早く寝についた。

東京からの客は、五月半端の土曜日に来る事になっていた。

その朝俵山の頂は緑の庭の背後で重い雲を纏っていた。午後は雨になりそうだと思いながら梓子が雨戸を開けている時、おばあさんの姿が目に入った。片手に白い花を持って、影のように木の間を横切った。曇った青葉の下でチラッと見えた横顔は驚く程青く、梓子はなんだか胸を突かれるような気がした。

八重子さんもその日は仕事を休んだ。白い割烹着姿で母屋と離れを行き来した。床の間には花が生けられ、持ち込まれた応接台には白いビニールカバーが掛けられた。

昼過ぎちょうど梓子が帰り着いた時、車に乗り込もうとしている母娘に出会った。おばあさんは他行きの着物に羽織を重ね、樟脳の匂いに包まれていた。

「今から空港まで迎えに行ってきます」

と笑みになった顔は、たいそう小さく青白かった。

客間の縁側は拭き上げられ、障子戸はまっ白に映え、お客の到着を待つばかりになっていた。梓子も大急ぎで自分の方の縁側を片付け、昼食を取った。

空港からの一行は、母屋には上がらず庭越しに直接離れにやってきた。

「こんなむさ苦しい所へ、ようお出いただきました」

おばあさんの改った声が挨拶し、年配の男の声が答えた。

「いえいえ、古風な庭に緑が映えて気が落ち着きますな」

「貴方はお父さんの葬儀以来じゃないかしら。また八重子は此処に居なかったでしょう」

年配の女の声もした。

襖越しの会話は、梓子の部屋まで筒抜けだった。八重子さんはそこへ昼食の膳を運んできた。四人の姉妹も母親に促されて挨拶にやってきた。

「あの時赤ちゃんだった子が、まあこんなに大きくなって……。御主人の生家だったわよね、お葬式は」

年配の声は、ずっと年下らしい妹に向かって言った。

「幸ちゃんだったわね。もう中学生、あっという間に大学だよね。大学は東京へいらっしゃいよ」

「さあ、大学へ行ければいいけど……」

八重子さんの声が答え、畏まっているらしい四人は押し黙っていた。

姉妹はまもなく母屋に帰り、客間では中食が始まった。和やかな談笑の合間に、年配の娘の方がふと言った。

「お母さん、お具合が悪いんじゃないの。顔色が良くないわ、食事も進んでないし……」

「いいえ、何ともありませんよ。少し寒気がするだけ。五月も半端というに、いつまでも寒さが続きますな」

談笑は続いた。男の声は、毎年干し薇や干し納豆の到着を楽しみにしています、あれは格別の味ですなと言い、おばあさんは、そう言ってもらうと送った甲斐があります、今年も又送りますよと喜んだ。

シャキシャキした女の声が主に会話をリードし、おばあさんも八重子さんもそれに調子を合わせた。

「ところで御主人の方の実家とは行き来してるの」

「年賀状だけ。もう居るのは兄弟だけだから」

「御両親は」

「お父さんの方はずっと前、お母さんはあの後すぐ」

おばあさんの声はしなかった。音をたてる事も憚られて梓子はじっと本を読んでいたが、もちろん集中など出来なかった。

と又さっきの声が、今度は高く言った。

「お母さん、お熱があるんじゃないの。顔色が悪いわ、どれ……。やっぱり熱っぽい。お母さん、休んだ方がよくない」

「大丈夫、何ともないよ。あたしは此処に居りたい……」

「そうね」

それから又談笑。俵山を見ると心が伸びやかになる事、互いの子どもの話、他の兄弟たちの消息などなど、その最中にあの声が上がった。

「お母さん、やっぱり休みましょう。お顔まっ青、心配だわ」

「なんかな、ぐるぐる回るような気がし始めた。すみませんねえ、せっかくお出いただいたのに」

「どうぞ休んでください、御心配なく」

男の声が応えて、おばあさんは上の娘に連れられて母屋に行ったようだった。その後は八重子さんがコロコロした笑い声を伴奏に相手をしていたが、まもなく三人は墓参りに出かけた。

小雨が降り始めていた。竹の橋に敷かれた銀色のシートも雨に濡れていた。

一晩を客間で過ごし、その長女夫婦は翌日の飛行機で帰っていった。

おばあさんはその日起き上がれなかった。天井がぐるぐる回ると言って、終日布団を被っていた。

次の日もその次の日も寝部屋から出て来なかった。

数日後病院に連れて行かれ、そのまま入院になった。心臓がたいそう弱っているという事だった。

梓子が病院に訪ねて行った時、おばあさんはしょんぼりした顔でベッドに座っていた。

あたしが居らんとあの家は立っていきません、八重子が倒れてしまう、早う帰ってやらんば、早う帰りたい、涙をボロボロ流しながら梓子に言った。

だが、梅雨が始まってもおばあさんは帰ってこなかった。

外から帰ってきた時、「おかえり」と迎えてくれていた声が消え、家の中は寂しくなった。八重子さんはますます忙しくなった。

手伝う習慣を全く持ってなかった子ども達は、誰も居ない家に戻ってくると、テレビの前で夕食までの時間をだらだらとやり過ごした。中学二年になった幸も同じだった。家事万端は母親の肩に掛かり、てきぱき物事を片付けるのが苦手な八重子さんの周りには、いつも仕事が山積みしていた。夕食の時間は以前よりずっと遅かった。

風呂焚きは梓子が引き受けた。

薪小屋に溜められている枯葉で火を焚き付け、おばあさんと同じ恰好になって炎を見守った。まあるく背を屈めて風呂窯の中を覗き込んでいると、おばあさんの事が思われた。山つつじの傍に見かけたあの一瞬のように、風呂の焚口を覗き込んでいる顔も時々見知らぬ表情を帯びた。何度かそんな横顔を見かけた。目は火に向けながら、心はその奥にあるものを見つめているような表情だった。わが心の深くに刻み込まれた自分だけの歴史、それとも今も炎と一緒に揺らめき立つ過去の情念、果たされぬまま遠去かってしまったもの、梓子には測り知れないことだった。炎の動めきと低い音は、普段は目の向かぬ世界に人の思いを引き込んでいく、あれはおばあさんの持つもう一つの姿だと、梓子は思った。

風呂が湧き上がる頃八重子さんが帰ってきて、着替えもせずに夕食の仕度を始めた。

梅雨に入った畑では、梅が実った。だが取り入れる人は居らず、実は黄色く熟して地に落ち、雨に叩かれ腐っていった。野菜畑には雑草が生い繁った。

梅雨が上がると草は勢いづき、庭の苔の中にも現れ、母屋の縁側の下も埋めた。畑も庭も家の周りも、荒れが目立ち出した。

家の内では、それまで聞かれなかったことだが、子どもたちを叱る八重子さんの声が険しくなった。叱られると幸は自分の部屋に閉じ込もり、夕食まで出てこなかった。梓子も居間に行き辛くなった。

日が長くなり、庭の草取りも梓子の日課になった。草を取りながら、古風な庭の光景はおばあさんの手で保たれていた事に、今更ながら気がついた。

ある夕方帰ってきたばかりの八重子さんが、薄暗がりの中でテレビを見ている子どもたちを叱りつけた。

「電気ぐらい付けなさい。だらしない」

ところが灯の中に現れたのは散らかし放題の居間、赤い鞄にスナック袋、漫画の本に服が転がっていた。

「幸、今すぐ片付けなさい」

声が険しくなった。うん、生返事しながら幸はテレビの画面から動こうとしなかった。突然、

「片付けなさいって言ってるのが、聞こえないのう」

劈くような金切り声が家中を貫いた。草を毟っていた梓子は、思わず立ち上がった。灯の中に、母親を見守る三つのびっくりした顔が見えた。幸は立ち上がり、黙って片付け始めた。居間は深となった。

八重子さんは茫然とした顔で縁側に出てきた。

「もう何もかも、めちゃくちゃ。あたしも家も、子どもも」

突っ立っている梓子にというより、何かに向かって呟いた。梓子は何も応えられず、叫びのような低い呟きは庭の薄闇に呑まれた。

それでも八重子さんはエプロンをはめ、台所に下りた。

翌日幸は母親が帰ってくる前に掃除を始め、下の三人にも手伝わせて縁側を拭いた。それから冷蔵庫の物を使って、学校で習ったサンドイッチを作った。十四才の少女の目は、茫然と突っ立っていた母親の背に何かを感じとったに違いなかった。

夜、八重子さんの声が離れの部屋まで聞こえた。

「ああ、おいしい。幸ちゃんのサラダ」

その時から、雑草に囲まれた家の中で四人の姉妹は少しずつ夕方の家事を手伝い出した。


「病院のおばあちゃんから頼まれて、風呂用の焚物ば持ってきました」

軽トラから下りてきた若者が、勝手口を覗いて言った。小屋の薪はもう無くなりかけていた。彼は軽トラいっぱいの割木を小屋に積み上げた。

「最近はどこも焚物やら使わんけ、見つけるのに苦労しました」

と言い置いて帰っていった。

夏も終わりかけた夕方、庭の百日紅はまだ花盛りを続けていた。風呂の煙は真紅の花群を通り、暮れ方の淡いブルーの空に消えた。それを見上げながら、梓子はおばあさんの退院が近いような気がした。

一週間前病院を訪ねた時、おばあさんは白い髪をちんまり結ってベッドに正座していた。梓子を見るなり、尋ねたものだ。

「ちょっと気になっている事があってな、うちの卓袱台まだ大丈夫だったでしょうか」

「卓袱台、ああ食卓ですね、別に何も気がつきませんでしたが」

「脚の付け根が一本毀れかけてるんですよ。あたしが間に合わせに針金でぎゅうぎゅう縛り付けときましたが、又崩れるんじゃなかろうかて、今考えよったとこです。八重子はあんな人ですから、崩れたまま使うかもしれません」

傾いた食卓にお椀や皿が上手に並べられている光景を想像して、梓子は笑い出した。おばあさんも一緒に笑った。

「のんびりした気質が幸して、なんとかやっていけるんでしょうが……。そっでも、相談する相手は居らず、なんもかんも一人で背負い込んで子ども育てるのは、ほんにきつかろうて思います、八重子は一言も口には出しませんが……。まだ四十ですけなあ」

そして、ふっと口を噤んだ。楽しみの一つでもあればいいけど、と呟やき声で続けた。

「いつも八重子さんの事を考えているんですねえ」

「あらあ、そんな事はありませんよ」

おばあさんは、はにかんだ。

「此処に居ると、いろんな事を思います。先生の事もな」

「どんな事をですか」

「結婚なさいませ。子どもを産みなさいませ。きっと先生も変ります」

スパッと言ってのけ、それからさらりと話題を変えた。

「だいぶ元気になったでしょう。顔色も良くなったでしょう」

「そうですねえ」

「もう、そろそろ退院できると思います。味噌と納豆は、今年もどうでも作りたか」

だが、あのホッホ笑いをつけ加えた。それから風呂の薪の事を尋ねた。あれからおばあさんは知人の若者に割木を運んでくれるよう、電話したのにちがいなかった。

その夜梓子は薪が来た事を八重子さんに伝えて、あばあさんの退院についても尋ねてみた。彼女は首を振った。本人は退院できるつもりでいるが、医者の説明ではいつ何が起こるかわからない状態だから、当分は無理だろうと言った。

「わたし達もやっとばあちゃんの居ない暮しに慣れてきました。これまで頼り過ぎていたんです」

「きのうの夕方は幸ちゃんと美恵ちゃんでカレー作ってましたよ」

「料理のレパートリーは少ないけど、助かります。何よりその気持ちが励みになります。ばあちゃんが居ないと、自分たちでやるより他に仕様がない事がわかってきたんでしょう」

「子どもって何かの弾みでぐんと変わるんですね。すごいな」

「わたしがこうやってその時その時を何とか切り抜けていけるのも、あの子たちのおかげと思います」

ふわっと笑みになって言った。あの作ったコロコロ笑いではなく、心の中から湧いた美しい笑みだった。

「八重子さん、この頃なんだかきれいですねえ。恋をしている人みたい」

考えるより先に言葉が滑り出した。

「あらー、まー」

彼女はぽっと顔を赤らめた。

「そうそう、おばあさん、卓袱台のことを気にしてましたよ」

彼女は怪訝な顔をした。

「脚が毀れてないだろうかて」

「ああ、それね。わたしが子どもの頃から使われている古物ですから、だいぶ傷んでます。買い代えなきゃと思ってました。そのうち、風呂も台所も改造しなきゃいけないでしょう。なにしろ不便でね」

おばあさんの居ない生活の中で、親子には新しい力が芽生えかかっていた。

赤いスーツの丸っこい体つきも横顔も、確かに八重子さんだった。だが違うような気がして、梓子は声を掛けるのをためらった。

十一月の日曜日午後、人の行き交うデパートの宝石売場、色白の横顔はガラスケースを熱心に覗き込んでいた。一人ではなく、中年の男性と一緒だった。頭一つ高い背広姿の顔を見上げて何か言いかけた横顔は、やっぱり八重子さんだった。男の答えた言葉で、彼女は笑い出した。あのころころ笑いではなく、朗らかな自然な笑い声だった。赤いスーツがよく似合う笑い顔はたいそう可愛らしく、梓子は別人を見ているような気がした。

二人は相談しながら又ガラスケースを覗き込んだ。その時八重子さんはわかるかわからぬ程の動きで、紺色の背広に身をすり寄せた。

梓子はそっとその場を離れた。

その夜八重子さんの帰りは遅かった。姉妹は夕食を済まし片付け、お風呂も終えた。クラクションの音がして八重子さんが帰って来た時、下の三人はお母さんとってもきれいと喜んだ。加奈は、きれいなお母さんの方が好きと、母親に後ろから抱きついた。

阿蘇高菜の種蒔の時期はとっくに終わり、冬が来て庭の八つ手の花も散った。お正月も過ぎた。おばあさんは帰ってこなかった。

梓子の足も次第に病院から遠のいた。訪ねてもおばあさんは眠っている事が多かった。帰りたいとはもう言わず、夢の中に八重子さんが高校の制服を着て元気良く表れたことや、とても恐かった舅が仏間に端然と座っているのを目の前に見た事などを、布団の中から語った。そうしてたった今話したことを忘れ、又同じことを繰り返した。

おばあさんは家に帰ることなく、同じ年の五月に亡くなった。病院のベッドで誰にも知られず息を引き取っているのを、朝、見回ってきた看護婦が気づいたという。

転勤で既に他の村に移っていた梓子は、その事を知った週の日曜日、バスを乗り継いで母屋を訪ねた。仏壇の前で八重子さんは言った。

「母らしい死に方でした。誰にも迷惑かけず、誰も騒動させず、母の生き方と同じように……」

村を去る前の日、梓子が最後に病院を訪ねた時、おばあさんは目を瞑って横たわっていた。布団の中でその顔は、年老いた人形のように白く小さかった。梓子の声に気がつくと、目を開けて言ったものだ。

「あたしだけが知っとる野っ原に、薇がいっぱい待っとりますもんな」

梓子は転勤の事を告げたが、おばあさんは聞いた途端に忘れ、又同じ事を繰り返した。目の前に見えていたのは離れの先生ではなく、五月の野と空の広がり、そこにいっぱい湧き出している薇、それと俵山の姿かもしれなかった。

新しい位牌が加えられた仏壇に手を合わせながら、今その秘密の野では、摘まれなかった薇が伸びて風にそよいでいることでしょうねと、心の中でおばあさんに言った。

加奈は小学校に入学し、幸は中学三年になり、美恵も真美も六年と三年に進級していた。それが母屋の家族との最後の出会いになった。

山に向かう道は家並を通り抜けて、田の広がりに入った。夕方近い陽を浴びた稲田は金色に静まって、いい匂いを放っていた。歩きながら、梓子は幸のことを考えた。

——古い家は消え、家と一緒に仏壇も消え、新しい力は各地に散らばった。幸はもう四十半端の筈、きれいな鋭い目を持っていたあの少女は、今どんな女になっているだろう。インド、見知らぬ国、未知の風土、きっと日本人とは異なる気質を持つ人たちの中で暮らしながら、時々おばあさんの事を思い出すかもしれない。

蜜蜂が蜜を集めるように働き、自然の時の流れを体に刻み込んでいたその人生を、わが思いの様々はおなかの中に終い込み、良くも悪くも決して自分を主張しなかったあの姿を。おばあさんは、彼女の子ども時代をそっと支えていた。

誰からも名でなく、「ばあちゃん」と呼ばれていた。その呼び名は、無数の人に頭を撫でられ、まあるくなったお地蔵さんの頭のように優しかった。郵便屋さんも校長先生もそう呼んだ。

外の世界に飛び出していった幸とは逆に、わたしはあれから各地の小学校を転々と回り、こつこつと勤め続けた。どうしても周囲に馴染め切ってしまえぬ部分を心の一隅に抱えながら、時々自分がのっぴきならぬ偽善者に見えながら……。

子ども時代も働いていた頃も現在もそれは変わっていない。おばあさんがさり気なく見抜きスパッと言ったのは、その部分だったのかもしれない。結局変らずじまいの生を過ごしている。

おばあさんとは逆の生き方だ。わたしなら「ばあちゃん」と呼ばれたら、「名前で呼んで下さい」と抗議するだろう。

仏壇のある、あの居間の時間は、遠くに見える優しい灯のようなものだ。おばあさんが織りなしていた灯——。

真正面で俵山は沈みかけた入日の照り返しで、仄赤く輝やいていた。梓子はしばらくその光景を眺め、それから車に向かって歩き始めた。途中もう会うこともないだろう六地蔵の頭に、ちょっと触ってみた。一日中陽の中に立っていた丸い頭は、ほんのりした温りを手の平に伝えてきた。

あとがき

渡辺京二さんのお薦めで、「道標」に書いた自作のうちの幾つかを本にまとめる事にした。題材を選び、本の中核を作ってくださったのも渡辺さん、自分にはできない事だから、心から有り難いと思う。

「本にしておかないと、消えてしまうんですよ」、その言葉が決め手だった。書いていると楽しいから書く、それが消えるのは自然の成行き、そんな思いがあったのだが、渡辺さんの言葉でひょいと気持ちが変わった。

校正紙（ゲラ刷）を読みながら気がついた。自分自身の記憶からも既に消えかかっている人、犬、村の雰囲気があることに。再度読むことで、くっきり甦えってきた。

凍る街角でいつもいつもコインを待っていたあの物乞い、誰もが気づきさえせず通り過ぎる。わたしも見えないふりして通り過ぎる。典型的なカトリックの街だが、実入りは少ない。時々、はっと胸を突かれるような顔で一隅を見つめていることがあった。彼の犬、静かなマーシェンカが心配して側から彼の手を舐める。一人と一匹は寒の強い時互いに身を寄せあって暖を取っていた。

警察署で知りあったブルガリア人の男は、パン職人だった。手編みの厚いセーターを着ていた。

移民の彼はパンを焼かせてもらえず、此処では焼き上がったものを取り出す仕事をしてると言った。今は無理だが、ドナウの村からきっと家族を呼び寄せると何度もくり返した。二度目に出会った時も同じセーターだった。

校正紙で読み返すことがなければ、あの物乞いの考え込む顔もマーシェンカもブルガリア人のパン職人も、わたしの中から消えていただろう。

一冊の本が出来上がるには、ささやかな内容であれ、何人もの人の努力が入っている事に改めて気づく。

弦書房の小野さんには、たいへん御苦労をおかけした。

異国の空気が伝わってくるような表紙にしてくれた毛利一枝さんや弦書房の人たち、超多忙の中で本の帯に詩的な文言を書いてくれた伊藤比呂美さん、「道標」の編集を一手に引き受けている辻信太郎さん、ありがとうございました。

二〇一八年九月

吉田優子

［初出一覧］

カスティーリャの夕日　「道標」四号（人間学研究会、二〇〇三年）
一隅の出会い　「道標」三九号（人間学研究会、二〇一二年）
石の街で　「道標」三三号（人間学研究会、二〇〇二年）
耳を澄ませば　「道標」三五号（人間学研究会、二〇一一年）
おばあさんの笑い　「道標」六号（人間学研究会、二〇〇四年）

〈著者略歴〉

吉田優子（よしだゆうこ）

一九四二年、熊本県菊池市生まれ。

熊本大学教育学部卒。阿蘇郡の中学校、小学校に勤務。

一九九七年に退職、現在に至る。

著書『十文字峠』（葦書房）、『原野の子ら』（葦書房、一九九九年映画化・中山節夫監督）、『旅あるいは回帰』（石風社、二〇一一年第五二回熊日文学賞）

耳《みみ》を澄《す》ませば

二〇一八年十一月二十五日発行

著　者　吉田《よしだ》優子《ゆうこ》
発行者　小野静男
発行所　株式会社　弦書房
（〒810・0041）
福岡市中央区大名二―二―四三
ELK大名ビル三〇一
電　話　〇九二・七二六・九八八五
FAX　〇九二・七二六・九八八六

組版製作　合同会社キヅキブックス
印刷・製本　シナノ書籍印刷株式会社

ISBN978-4-86329-180-5 C0093